MANOLITO GAFOTAS

MANOLITO
ON THE ROAD

ELVIRA LINDO

MANOLITO GAFOTAS

MANOLITO
ON THE ROAD

ELVIRA LINDO

ILUSTRACIONES DE
EMILIO URBERUAGA

© del texto: 1998, Elvira Lindo
© de la ilustración: 1998, Emilio Urberuaga
© de esta edición:
1998, Grupo Santillana de Ediciones, S. A.
2003, Santillana Ediciones Generales, S. L.
Torrelaguna, 60. 28043 Madrid
Teléfono 91 744 90 60

Editora: Elena Fernández-Arias Almagro
Diseño de cubierta: Juan Pablo Rada
Maquetación: Victoria Reyes
Realización: Víctor Benayas

Aguilar, Altea, Taurus, Alfaguara, S. A. de Ediciones
Beazley, 3860. 1437 Buenos Aires. Argentina

Editorial Santillana, S. A. de C.V.
Av. Universidad, 767. Col. del Valle, México, D.F. C.P. 03100. México

Distribuidora y Editora Aguilar, Altea, Taurus, Alfaguara, S. A.
Calle 80, nº 10-23
Santafé de Bogotá. Colombia

I.S.B.N.: 84-204-5786-8
D.L.: M-2.414-2004
Printed in Spain / Impreso en España por
Palgraphic, S. A. Humanes (Madrid)

1ª edición: noviembre, 1998
22ª edición: enero, 2004

*Para mi hijo Miguel, que siempre
se despierta con una sonrisa.*

ÍNDICE

*U*n día estaba en la cola del cine esperando para entrar a ver El Zorro, que la ponían en un cine de Carabanchel Bajo, se me acercó un chaval y me preguntó por todo el morro:

—Oyes, niño, ¿tú no serás Manolito Gafotas?

Y yo le dije a ese niño que sí que lo era y que por qué lo había sabido. Y ese niño me dijo que se lo había imaginado por las gafas, porque las llevaba sujetas con una goma, porque llevaba de la mano al Imbécil, por las orejas de ese Orejones que iba a mi lado, porque había un chulo conmigo que debía de ser Yihad y porque también me acompañaban dos niñas bastante bestias, que seguramente eran: La Susana Bragas-Sucias y Melody Martínez.

Todos nos quedamos bastante alucinados con la inteligencia sobrenatural de aquel niño adivinador y le rodeamos para preguntarle cosas sobre nuestras vidas y lo sabía todo de todo, porque había leído los cuatro volúmenes que se han escrito sobre mi vida.

El niño adivinador superó todas las pruebas sobre quién era la Luisa, las collejas de efecto-retardado que da mi madre,

11

la próstata de mi abuelo o los peluquines de mi padrino Bernabé, pero sobre lo que no pudo contestar casi ninguna pregunta fue sobre mi padre, porque me dijo que casi nunca salía en los capítulos de mi espeluznante vida. Todos mis amigos, que además de ser mis amigos son unos cerdos y unos traidores, le dieron la razón y dijeron a coro: "Es cierto, es cierto, a tu padre no lo sacas nunca".

La verdad es que si no le saco es porque mi padre nunca se queja, no es como los otros que me dan la vara continuamente con que cuente esto o cuente lo otro. Así que este libro se lo he dedicado sobre todo a él, porque este verano me ocurrió una cosa de esas que sólo suceden una vez en la vida, y mi padre es el segundo protagonista de la historia, el primero soy yo, y los demás son los de siempre: El Imbécil, mi abuelo, el Ore, la Luisa, mi madre, Melody, Yihad... Es que si no los saco en todos los libros se rebotan conmigo y me dan la espalda, así que no me queda más remedio. Será por eso por lo que los tomos de mi vida están siempre llenos de gente, para que nadie se enfade, para no quedarme sin amigos. Mi abuelo me dice: "Ay, Manolito, pero qué tonto y qué buenazo eres...". Es verdad, soy el tío más bueno que conozco.

PRIMERA PARTE:

ADIÓS, CARABANCHEL (ALTO)

N o te lo vas a creer. Estas cosas sólo les pasan a esos niños que salen en las películas, pero en la vida verdadera de los habitantes del Planeta Tierra no han ocurrido jamás. Si cuando termines de escuchar mi increíble historia te atreves a asegurar delante de un Tribunal y con la mano en la Biblia que a ti te han pasado cosas más espeluznantes que las que a mí me pasaron, entonces me tendré que callar como un muerto para el resto de mi vida.

No sé por dónde empezar. ¿Por dónde se empieza una historia de esta categoría? Según mi abuelo, al que se la he contado por lo menos quince veces (y sigue pidiendo más y más), el principio estaría el día en que mis padres discutieron por lo del viaje a Cuenca. Ése sería el principio de los tiempos. Bueno, pues empezaré por ahí:

Esto era un sábado de un verano, y en ese sábado de ese verano mi padre había decidido dejar de trabajar por fin, después de algunos años sin vacaciones, para quedarse con nosotros diez días en Carabanchel. Yo nunca recuerdo a mi padre de vacaciones, bueno sí, cuando el Imbécil nació estuvo dos días en el hospital con el camión aparcado en la puerta, y le pusieron una multa muy gorda, y mi madre se puso a llorar con el Imbécil recién nacido en los brazos y yo me puse a llorar también. Al principio pensé que llorábamos por lo feo que había nacido mi hermanito; luego ya me enteré de que llorábamos por lo de la multa y mi madre dijo: "Ese camión es nuestra ruina, hay que venderlo", y yo lloré entonces con un hipo incontrolable porque yo a nuestro camión lo quiero más que a algunas personas que conozco, y lo quiero igual que a mi padre y a mi madre, y lo quiero un poco menos que a mi abuelo. El orden sería el siguiente:

Abuelo Nicolás
Camión *Manolito*
El Imbécil
Mi padre y mi madre
Bernabé y la Luisa (mis vecinos)
La Boni (la perra de la Luisa)
Melody Martínez (que está por mí)
El Orejones López
Mis otros amigos
Yihad (un chulo que me pega)
Gente de Carabanchel Alto

Una vez le enseñé esta lista a mi madre, pero como sé que ella es de las que se mosquean con nada la puse en el puesto número 1, porque mi madre es de esas madres que dicen que a una madre se la quiere más que a nada en el mundo (mundial). A mi madre la primera y a mi padre le dejé el cuarto porque a mi padre no le importan esas cosas. Así que mi madre, cuando volvió mi padre el fin de semana le sacó la lista y se la repasó por las narices:

—¡Claro, Manolo, compréndelo, cómo no te va a colocar tu hijo en el cuarto puesto si no estás nunca en casa!

Es verdad, mi padre nunca está en casa y siempre nos promete que habrá un futuro en que vayamos todos a remojarnos los pies en el agua del mar.

Bueno, pues figúrate que esto era ese sábado de ese verano y que mi padre se iba a quedar diez días con nosotros, que no nos podía llevar a la playa, pero nos iba a llevar al Zoo y al Parque de Atracciones y a la piscina, que están a cinco minutos de mi casa. Y ese sábado histórico de mi vida, él se estaba afeitando y yo y el Imbécil estábamos desayunando en unos taburetes de la cocina. El Imbécil, por si no lo sabes todavía, es mi hermano pequeño, no le llamo el Imbécil por faltarle el respeto, le llamo el Imbécil porque en un principio me sentó como un tiro que viniera a este mundo. Antes de su nacimiento yo era el ojito derecho de mi padre y el ojito derecho de mi madre. Ahora sólo soy el ojo derecho de mi abuelo Nicolás, pero teniendo en cuenta lo poco que pinta mi abuelo en casa, es un ojo derecho con pocas influencias. Ahora el Imbécil tiene cuatro años y, claro, con el roce le voy cogiendo más cariño pero el problema está en que ya no me acuerdo de su verdadero nombre. Él está muy contento con su mote, en serio. Sin ir más lejos, el otro día mi madre le dijo:

—No hagas eso, Nicolás.

Le llamó Nicolás porque se debe de llamar Nicolás, seguramente.

Y el Imbécil protestó:

—¡El nene no es Nicolás! ¡El nene es el Imbécil!

Esas cosas suceden cuando consigues que tu hermano pequeño te admire sinceramente, y mi hermano me admira y le parece bien casi todo lo que yo haga. Es mi único fan sobre la Tierra.

Así que, como te decía, el Imbécil y yo estábamos desayunando en calzoncillos porque en verano siempre desayunamos en calzoncillos. Mi madre es partidaria de eso, dice que siempre es más fácil limpiar un pecho lleno de colacao que una camiseta. El Imbécil y yo somos partidarios de ensuciarnos de colacao todos los días, si no lo hacemos, se nos queda un vacío en el estómago y una tristeza en el corazón durante todo el día. Te lo juro.

Estábamos a punto de beber el último sorbo, ése donde queda todo el chocolate, cuando sonó el teléfono de repente y el Imbécil se llevó un susto mortal y soltó el vaso, que llenó de colacao y de cristales todo el suelo de la cocina. El Imbécil se echó a llorar. Lo hace siempre cuando rompe un vaso, así que lo hace continuamente, llorar y romper vasos. Mi madre le dio una colleja al Imbécil que se puso a llorar más fuerte todavía. A mí me empezó a dar la risa tonta porque, por muy buena persona que seas, no puedes evitar alegrarte un poco cuando el que recibe la colleja es otro y no tú. Y sobre todo te hace más gracia si ese otro es un hermano tuyo. Es una alegría sana. Pero mi madre y yo no nos reímos de las mismas gracias, así que decidió que había llegado el momento de que yo me llevara otra, con tal mala suerte que las gafas se me escaparon de las orejas y se cayeron dentro de mi tazón de colacao. La verdad, fue un número de circo. Las gafas dieron dos vueltas en el aire antes de caer en la leche. Si no conociera a mi madre hubiera aplaudido, como la conozco, sabía que se estaba poniendo enferma de los nervios. Al Imbécil se le escapaba la risa mientras lloraba y encima decía que se hacía pis. Siempre que llora le entran ganas de mear. Es un niño bastante extraño, cuando le da por soltar agua lo hace por todas partes: pito, nariz y ojos. Mi madre dijo que nadie pisaría el suelo hasta que no estuviera limpio de cristales y de chocolate. Nos quedamos muy serios aguantándonos la risa.

Mi padre abrió la puerta pero mi madre no le dejó pasar, le dijo "Sólo me falta que ahora te cortes tú", mi padre le dijo "Tenemos que hablar", mi madre le dijo "Pues habla desde ahí", mi padre le dijo "Es que no te va a gustar lo que te voy a decir, así que me voy a vestir y luego te lo digo".

Mi padre también estaba en calzoncillos. Es algo que hemos heredado de mi padre, cuando llega el verano, pasamos mucho tiempo en calzoncillos, debe de ser una costumbre genética.

—Ahora no me vas a dejar con la curiosidad, ahora pasas y me dices lo que sea —dijo mi madre abriéndole la puerta.

—Es que voy descalzo y me puedo cortar.

Tú pensarás que la conversación de mis padres es un poco pesada, que se repite una y otra vez lo mismo, que es un aburrimiento, y yo te pregunto: ¿Es que acaso la de los tuyos es más entretenida?

Lo que estaba claro es que mi padre ya no se podía marchar sin soltar la verdad y nada más que la verdad.

—Bueno..., resulta que me acaban de llamar para ir mañana a hacer unos portes a Cuenca.

Creo que tengo que explicarte que mi padre se dedica a hacer traslados de un lugar a otro. Traslada muebles, artículos de limpieza, ropa, lavadoras, todo aquello que las personas quieran trasladar, en eso él no se mete. Mientras no sea una bomba nuclear mi padre traslada lo que sea. Si un día ves por la carretera un camión que lleva unas letras que ponen "MANOLITO", y ves a un camionero con gafas que conduce, ese señor es mi padre, el camionero que va dentro.

—¿¿¿A Cuenca??? —dijo mi madre abrazándose al palo de la fregona y casi a punto de llorar—. ¿Por cuántos días?

—Tengo cargamento para Cuenca, para Teruel, para Zaragoza, así que sólo serán...

En ese momento crucial de nuestras vidas entró mi abuelo, que se acababa de levantar, y dijo:

—¿Alguien ha visto mi dentadura?

Pero nadie le hizo mucho caso y se dio media vuelta y se fue.

—¿Por cuántos días? —volvió a repetir mi madre sin piedad.

—Tres o cuatro.

—Pero tú me dijiste que te tomarías unos días de vacaciones...

Mi padre nunca se toma vacaciones porque tenemos que pagar las letras del camión. Es un camión que nunca se termina de pagar. Es un camión que vale millones.

Mi madre se puso a llorar y se fue con la fregona a su cuarto. El Imbécil y yo nos quedamos solos, sentados, como dos niños abandonados.

—El nene se mea ya —dijo.

Cuando el Imbécil dice que se va a mear ya, es que se va a mear ya, es un niño incapaz de mentir. En eso no se parece a mí. Lo cogí como pude en brazos. No lo hice para consolarlo, es que tal y como estaban las cosas sólo faltaba que se cortara en un pie, los que le conocemos sabemos que no soporta la sangre, es un dramático a la hora de los cortes y se pondría a chillar como uno de los gorrinos que matan en el pueblo de mi abuelo.

Me lo llevé al cuarto de baño. Se empeñó en hacer pis de pie, como hacemos nosotros, las personas mayores. Pero puso todo perdido, porque todavía no llega bien a la taza y no había forma de que apuntara bien con el pito, y así se quedó porque la fregona estaba con mi madre, encerradas las dos en su cuarto (fregona y madre).

Cuando salimos, mi padre estaba en la puerta, intentando convencerla para que saliera.

21

—Anda, Catalina, por favor, cuando vuelva iremos a la playa, te lo juro, Catalina.

La voz de mi madre se oía desde dentro y muy pastosa, como si tuviera la fregona dentro de la boca.

—No, siempre dices lo mismo y nunca vamos. Debemos de ser los únicos en Carabanchel que nunca van a la playa.

Carabanchel es mi barrio, es un barrio de Madrid bastante importante, uno de los barrios más importantes de Europa.

El Imbécil se puso a dar patadas a la puerta del cuarto de mi madre, él no consiente que mi madre se encierre en ningún sitio, tiene que estar presente hasta cuando ella se ducha, así que mi madre siempre dice:

—Con estos niños no tengo intimidad.

Todos estábamos en la puerta esperando a que abriera. También mi abuelo, que volvió preguntando otra vez por sus dientes. Por fin, mi madre decidió abrir la puerta a su público.

—Acabaré como todos los veranos, sola, con estos dos y con el abuelo, regándole las plantas a las vecinas...

Y siguió hablando, habló mucho, con la fregona en la mano, hablaba de ese verano tan triste que iba a pasar con nosotros, saliendo sólo para comprarnos un helado al Parque del Ahorcado (es el parque que hay delante de mi casa, y que sólo tiene un árbol, el árbol del ahorcado) y pasando calor y nosotros haciéndole la vida imposible, tirándonos el colacao y rompiendo vasos y dando patadas a las puertas y dejando gotillas en la taza del váter y pe-

gándonos y sin obedecer, como esas dos bestias humanas que somos.

El verano de mi madre era el verano más triste de todas las madres que viven en este Planeta. A mí se me saltaban las lágrimas. Cuando el Imbécil me vio llorar se puso a llorar también, es un niño que siempre tiene que hacer lo que yo haga. A veces es un poco pesado que alguien te admire tanto.

—Créeme, por Dios, Catalina, en cuanto vuelva nos vamos. Date cuenta, me lo van a pagar muy bien, nos servirá para pagar dos plazos del camión.

—El camión, el camión, estoy harta de oír hablar del camión, me sale el camión por las orejas.

—¿Pero tú qué te crees, que me voy de vacaciones, te crees que me gusta pasarme los días comiendo en bares de carretera, solo, como un perro, sentado al volante, teniendo que vencer el sueño, echando de menos a los niños?

Yo seguí llorando, pero esta vez no lloraba por el verano tan triste de mi madre, ahora lloraba por la vida de perro solitario de mi padre. Al Imbécil ya no le quedaban lágrimas, solamente hacía el ruido de llorar y se había sentado en el suelo a jugar con un coche que se había encontrado. Así que el ruido del llanto le servía también como ruido del motor del coche. Es un niño que siempre le saca provecho a la desgracia.

—¿Y tú te crees que yo me quedo aquí de vacaciones? —dijo mi madre—. ¿Piensas que yo lo paso mejor que tú? Estoy luchando con ellos todo el día, a veces cuando me acuesto tengo la voz afónica de tanto gritar.

—Pues no grites tanto —dijo mi padre gritando.

—Y tú no me grites a mí —dijo mi madre gritando.

—¿Dónde está mi dentadura? —dijo mi abuelo gritando—. He quedado para tomar unas tapas y no puedo comer aceitunas, ni patatas, ni almendras...

—Yo qué sé dónde está tu dentadura —le gritó mi madre—. Si no te quitaras los dientes cada dos por tres no te pasaría esto.

—Creo que me iré sin dientes.

El Imbécil y yo nos vestimos deprisa y echamos a correr detrás de mi abuelo huyendo de la violencia que se mascaba en el ambiente.

Mi abuelo estaba ya en su mesa del Tropezón tomándose el primer café de la mañana antes de tomarse el primer tinto de la mañana. Y aquella mañana de aquel sábado, el Imbécil y yo nos pusimos las botas porque las tapas han sido hechas para la gente que tiene dientes, así que mi abuelo nos dejó al Imbécil y a mí todas las cosas gratis que le iban poniendo en el Tropezón, que es el bar más famoso de mi barrio, y él se dedicó sólo a sus tintos de verano. Pobrecillo, lo subimos a casa sin dientes y bastante mareado. Intentaba apoyarse en mí y en el Imbécil y estuvimos a punto de caernos los tres por las escaleras. Lo subíamos a casa sabiendo que mi madre interceptaría el olor a tinto de verano nada más abrir la puerta. Tú no conoces a mi madre, si la conocieras estarías de acuerdo conmigo en que la podrían colocar de perro policía en las aduanas o en la entrada de El Corte Inglés. Tiene un olfato prodigioso. Si mi madre trabajara de guardiajurado en las puertas de la Casa Blanca, el presidente podría dormir tranquilo.

A mi madre no le gusta que mi abuelo suba mareado del bar porque dice que eso en un viejo está muy feo. Tampoco le gusta que suba mi padre mareado porque dice que eso en un marido está muy feo, y tampoco le gusta que los domingos mi abuelo nos moje una sopa en vino y azúcar porque dice que eso en un niño está tres veces feo. Sin embargo, cuando se toma sus *vermutes* con la Luisa los domingos en el Tropezón, no le encuentra a beber ninguna pega. Mi abuelo siempre dice: "El que hace la ley, hace la trampa, Manolito". Un día que se fueron mis padres por ahí, mi abuelo nos echó al Imbécil y a mí un chorro de vino en la casera y brindamos, y luego nos dormimos los tres con la boca abierta en el sofá y le prometimos a mi abuelo que nunca se lo diríamos a nadie.

El caso es que nada sucede nunca como uno espera y cuando subimos de vuelta del Tropezón a comer mi madre ni nos miró. Puso la comida. Aquel día, al que llamaremos H por ser histórico, comimos pollo como todos los domingos. En nuestras bocas se mascaban los muslos de aquel pollo y en el aire se mascaba la violencia. Cada uno miraba su plato, solamente su plato. Mi abuelo rompió el duro hielo:

—Pues os digo una cosa, si no encuentro la dentadura ya no me voy a comprar otra, para dos años que me quedan de vida, no merece la pena ese dineral.

No dice estas cosas por fastidiar ni para dar pena, dice estas cosas porque las piensa. A mí me pareció un buen tema de conversación y dije:

—No hace falte que te la compres, espérate a que al Imbécil se le caigan los suyos y te haces una.

El Imbécil se puso a llorar, no sé si pensó que se los íbamos a arrancar allí mismo, vete tú a saber, es un niño que llora antes de pensar por qué llora. Se puso a berrear mucho, a moco tendido. Lo del moco lo digo en serio: Le bajaban dos velas espeluznantes por la nariz, avanzaban hacia la boca como avanza la lava de un volcán en plena erupción.

—Jobar, dile que se los limpie, mamá, que me da mucho asco.

Es verdad, los mocos de los demás siempre me han dado mucho asco, con los míos soy más tolerante. Mi madre se levantó y dijo:

—Así todo el día, cuando no es uno es otro: "Mamá, mira éste; mamá, mira el otro". Y lo raro es que no haya acabado el pollo en el suelo, porque eso es lo normal, que la comida acabe desparramada. Así siempre, y tú no te enteras, porque tú siempre estás fuera. Uno porque se pasa el día llorando...

Se refería al Imbécil.

—...el otro porque me pone la cabeza loca, todo el día hablándome, me pone la cabeza loca...

Se refería a mí.

—...luego lo llevas a la psicóloga y qué dice: "Lo único que le pasa a este niño es que quiere hablar y quiere alguien que le escuche". Me gustaría que viniera la psicóloga esa a pasar un verano entero encerrada en este piso con nosotros.

Esto fue lo último que mi madre dijo aquel día H porque mi padre, ese enigmático ser que nunca habla y que conduce un camión, dijo sin dejar de mirar el plato, como si estuviera leyendo las palabras escritas en el pollo:

—Estaré sólo tres días y ese dinero lo gastaremos luego en irnos a la playa. Y estos dos no se pelearán en mi ausencia porque Manolito se viene conmigo.

Hay frases en la vida que no olvidarás mientras vivas, ésta será una de ellas. Todos nos quedamos mirándole con la boca bastante abierta. Aquí, en España, los camioneros suelen trabajar sin llevar a sus hijos en el camión, no te puedo asegurar que esto sea así en todos los países del Planeta Tierra. Mi padre tuvo que repetir su frase inolvidable para que saliéramos del encanto que nos había paralizado:

—Manolito se viene conmigo. Métele tres calzoncillos y tres camisetas en mi bolsa, eso es todo lo que necesita.

Según mi madre, yo necesitaba algo más que eso, se pasó la tarde haciéndome el equipaje, echó el chubasquero por si llovía, unos jerseys por si hacía frío, los zapatos de vestir por si se presentaba la ocasión, la gorra para que no me diera el sol en la cabeza, me hizo un botiquín de suma urgencia, con sus aspirinas, con sus vendas, con sus tiritas, un bañador por si nos encontrábamos de repente una piscina, otro bañador para que me pusiera en seguida uno seco al salir del agua y no cogiera frío en las partes X de mi cuerpo, una toalla de Popeye el Marino, un colirio por si se me ponían los ojos rojos del cloro, un pantalón para cada día, todas mis camisetas, todos mis calcetines, todos mis calzoncillos y un superveneno corporal que fulmina sin piedad a los mosquitos. A esto hay que añadirle que yo metí unos anteojos, unos tebeos de SuperLópez, una linterna y el vídeo de la Familia Adams: *La tradición continúa*, por si nos encontrábamos un vídeo en el lugar más insospechado. La verdad, con aquel equipaje parecía que me disponía a cruzar el océano.

Por la tarde llamé al Orejones López, mi gran amigo aunque sea algunas veces un cerdo traidor.

—Me voy mañana con mi padre en el camión tres días.

—¿Puedo ir?

—No, vamos a trabajar.

—A mí no me importa, mejor, yo me quedo sentado en el camión mientras vosotros trabajáis.

El Orejones, mi gran amigo, es así. Aparte de ser un cerdo traidor, tiene un pequeño defecto: Va siempre a su bola, es el tío más jeta que yo he conocido. Tiene ese defecto y que le huelen los pies. Por lo demás es perfecto.

—Le digo a mi madre que me prepare la mochila y mañana estoy a la hora que me diga tu padre en tu portal —cuando se le mete una idea en la cabeza es muy difícil convencerle de lo contrario.

Me obligó a que se lo preguntara a mi padre y, cuando lo hice, mi padre puso cara de susto y dijo: "¿El Orejones, es que te crees que yo estoy loco? Lo único que me faltaba por oír: El Orejones".

Le dije al Ore que no podía venirse, y me dijo:

—Nunca lo olvidaré.

Y es cierto que nunca lo olvidará porque es bastante rencoroso. Dirás que le estoy poniendo a parir, pero es que prefiero ponerlo a parir yo, que soy su amigo, antes de que lo hagan otros. Eso es la amistad.

El caso es que el Orejones colgó el teléfono después de saber que no había tu tía y yo di la conversación por terminada, claro, qué iba a hacer.

Llegó la noche y todo el mundo pensó que debía acostarme pronto, cuando digo todo el mundo me refiero a mi madre. Le pedí que me llevara mi bolsa de viaje y me la dejara encima de la cama. Me gustaba verla allí y poder pensar en una frase que había oído en una película: "Mañana emprenderé un largo viaje".

Mi madre me trajo un vaso de leche y me dijo bastante trascendental:

—Manolito, hijo, tú no te vayas si no quieres. Te quedas y vamos a la piscina y vamos un día al Zoo y vamos otro a...

En ésas, entró mi padre.

—Déjalo ya, Catalina, he dicho que se viene conmigo en el camión, me va a hacer mucha compañía.

Así de extraño es el mundo, un día la gente echa pestes de ti, nadie te quiere a su lado, todos te dan la espalda, y, al cabo de unas horas, esas mismas personas se matan por estar contigo. En esos momentos tienes la sensación de ser un tío importante, fundamental para los demás, para la humanidad en general.

Ya no había ninguna duda. Me iba. Como me dijo mi abuelo aquella noche: Estaba claro que ya tenía el cuerpo de viaje.

Pasó mucho tiempo antes de que me durmiera, cogí la linterna de mi bolsa y estuve alumbrándome los pies debajo de la sábana. Parecían los pies de un muerto. Era la linterna que había llevado el verano anterior a un campamento subvencionado en las afueras de Coslada. No me gustaba nada tener los pies de muerto así que apagué la linterna. Mi abuelo, como siempre, tenía la radio puesta y roncaba como sólo él sabe hacerlo. Me escuché entero un programa de toros que le gusta a mi abuelo, aunque nunca está despierto cuando lo echan. Maté de un tortazo una mosca que estaba en la espalda de mi abuelo, la mosca se murió y mi abuelo se despertó con el tortazo. Hay personas que si les das una torta en la espalda cuando están durmiendo se pegan un susto de muerte. Una de ellas es mi abuelo. Se sentó en la cama y se llevó la mano al corazón como si le hubieran pegado un tiro.

—Ya no te picará nunca más —le dije.

Fue mi última buena obra del día H.

—Anda, Manolito, majo, duérmete ya.

Pero todavía estuve mucho, mucho rato despierto porque tal y como recordaría con la voz entrecortada por el llanto días después Nicolás Moreno, el abuelo de Manolito Gafotas —yo—, a todos los periódicos y las radios del país:

—Aquella noche mi nieto, mi Manolito, tenía cuerpo de viaje.

31

Eran las seis y media de la mañana cuando el camión *Manolito* paró en seco. Un niño que parecía un explorador salió de su interior. No le resultó fácil porque, al igual que los verdaderos exploradores, el magnífico niño llevaba colgada una mochila, una chaqueta atada al cuello, una cantimplora, un *walkman,* una riñonera con sus ahorros y una gorra con una visera tan grande que no le dejaba ver bien el mundo y le hacía tropezarse de vez en cuando. Ese niño era yo y ésa fue nuestra primera parada en aquel largo viaje.

La verdad es que sólo hacía diez minutos que habíamos dejado a mi madre llorando en el portal, como despiden las madres a los niños que se van a una guerra cruel. Mi padre tuvo que arrancarme de los brazos de mi madre. No le fue fácil. Mi madre podría trabajar de pulpo en un acuario, cuando te rodea con sus brazos es muy difícil asegurar que saldrás con vida.

Cuando nos montamos, tuvimos que decirle muchas veces adiós con las manos, desde el camión: Cuando mi padre puso en marcha el motor, cuando el camión empezó a andar y cuando dimos la vuelta a la esquina. Yo puse una cara muy triste mientras movía la mano porque, yo no sé si a tu madre le pasará lo mismo, a la mía eso le encanta. Si pones cara de pena en las despedidas ganas cincuenta puntos. Cuando la perdimos de vista guardé mi cara de pena para algún otro momento y me puse a contar el dinero que llevaba en la riño-

nera, con esto de que me iba mi abuelo me había dado mil pesetas, mi madre otras mil y la Luisa, la vecina íntima de mi madre, sólo quinientas. Mi madre dijo:

—Qué generosa, ha tirado la casa por la ventana.

Es que a mi madre todo lo que nos dé la Luisa le parece poco, porque la Luisa no tiene hijos, y mi madre dice que el dinero que no nos da a nosotros se lo gasta en boberías.

Tenía dos mil quinientas pesetas por un lado y mil que tenía ahorradas en mi cerdo. Cuando digo cerdo me refiero a mi hucha. Contando el dinero me puse a pensar en lo que haría con él. La gente cuando viaja siempre compra regalos para sus familiares y amigos. Un regalo para mi abuelo, otro para el Imbécil y otro para mi madre, y luego que si la Luisa, que si el Orejones... Si les compraba un regalo a cada uno me quedaría sin nada. Una de dos: O la gente tenía más dinero que yo o la gente tenía menos familiares, si no no me explico cómo pueden comprar cosas para quedar bien con todo el mundo. Me estaba empezando a poner la cabeza loca con ese pensamiento que me había entrado. Cuando me pasa eso mi abuelo, que parece tan sabio como un chino antiguo, siempre me recomienda:

—Ponte a pensar en otra cosa.

Mi abuelo tiene soluciones para los problemas más terribles. Como dice un amigo suyo igual de viejo y sin dientes como él: "Estamos ante un gran filósofo". Sin dientes... Conseguí que se me quitara de la cabeza la preocupación de qué iba a hacer con mis increíbles riquezas pero me acordé de algo más horrible todavía. Resulta que había estado tan pendiente de la pelea de mis padres que se me había pasado la gran pregunta que mi abuelo había estado haciendo durante todo el día:

—¿Dónde están mis dientes?

Bueno, la había oído pero hay veces que oyes cosas pero que no caes en la cuenta hasta mucho más tarde. A mí me sucede mucho porque soy un niño que no tiene sitio en la cabeza para tantos pensamientos. Mi madre dice que más me valía pensar en estudiar y dejarme de tonterías. La verdad es que dejarse de tonterías no es tan fácil, por lo menos para un cerebro como el mío.

Todo esto venía porque de repente me acordé de los dientes de mi abuelo. Yo sabía dónde estaban. Yo se los había escondido. Bueno, se los había escondido en defensa propia. La noche anterior al día H, mi abuelo los dejó en un vaso de agua en la mesita al lado de la cama, como siempre. Luego puso el programa de toros y se durmió, como siempre. Entraba luz de la farola de mi calle y la dentadura brillaba en el vaso, como si yo tuviera un ser invisible a mi lado del que sólo pudiera verse la sonrisa. Ese ser se estaba riendo de mí. Qué ser más asqueroso. Sólo con su sonrisa me tenía paralizado en la cama, y no es que yo sea muy miedoso, es que hay sonrisas que hielan la sangre del tío más duro. De repente, en la oscuridad, el Imbécil pegó un alarido de los suyos. Aquélla parecía la casa de los Monster. Oí que mi madre se levantaba, no pasaba nada, el Imbécil sólo quería agua. Él es así, le gusta pedir las cosas a lo grande. La voz de mi madre diciéndole al Imbécil: "Ya está bien, duérmete de una vez por todas" me quitó el miedo de un plumazo pero no quería volver a encontrarme a solas con el Espeluznante-ser-sonriente. Metí la mano en el vaso y cogí la dentadura. Resulta muy fácil coger una dentadura con la mano, lo difícil es pensar luego qué hacer con ella. Desde luego no estaban las cosas como para dormir con una dentadura debajo de la almohada. Igual, en medio de la noche, la dentadura cobraba vida y me pegaba un mordisco en una oreja. Mi corazón no lo resistiría (y mi oreja tampoco).

Me levanté con los dientes del Espeluznante-ser-sonriente en la mano y me puse a buscar un buen sitio para dejarlos. La cocina era la habitación que quedaba más lejos de la terraza donde yo duermo, así que hacia ella encaminé mis pasos. La dejé encima de un queso que mi padre había traído de La Mancha. Al lado del queso había un cuchillo, casi siempre hay un cuchillo al lado de un queso. Me di cuenta de que había elegido el peor sitio de la casa para dejar a sus anchas al Espeluznante-ser-sonriente. La cocina suele ser el sitio donde los asesinos sin escrúpulos se arman con un cuchillo o con las tijeras de limpiar el pescado. Otra vez empezó a latir mi pobre corazón como un cosaco.

Tuve una gran idea. Cogí la dentadura de encima del queso, abrí la puerta del congelador, la solté encima de los cubitos y cerré la puerta de golpe. Uf, qué alivio más grande. Ahí te quedas, Espeluznante-ser, ahora sabrás lo que significa que a uno se le hiele la sonrisa, en tu largo historial delictivo nunca te las habías visto con tipos como yo.

Me fui a la cama riéndome para fuera y para mis adentros. Ahí estaba el vaso, ahora ya sólo era un vaso de agua. Con los nervios se me había quedado la boca seca. Me bebí el agua. Ahora ya sólo era un vaso. Muy orgulloso de mí mismo me dormí.

Qué culpa tengo yo de que aquel episodio terrorífico se me olvidara. Es muy difícil recordar cosas cuando estás oyendo discutir a tus padres sobre ti y tu futuro. El caso es que a los diez minutos de emprender el largo viaje me acordé de la terrible historia y le dije a mi padre:

—Yo sé dónde se dejó olvidados los dientes el abuelo.

Como comprenderás mi padre no hubiera comprendido mi decisión de encerrar al Espeluznante-ser-sonriente en el congelador. No me iba a agradecer que hubiera salvado a toda mi familia de acabar como *La noche de los muertos vivientes-2*, así que tuve que hacer como que había sido un despiste de mi abuelo. Es algo normal entre los miembros de mi familia: Cuando algo se pierde en mi casa le echamos la culpa a los despistes de mi abuelo, a él no le importa y nosotros nos quedamos con la conciencia tranquila. Esto nos evita muchas discusiones.

Mi padre pensó que sería mejor llamar antes de salir de Madrid, así que paró al lado de una cabina de teléfonos (en Carabanchel Bajo) y me dio cinco duros. Y es aquí donde ese niño con pinta de explorador —yo— intentaba bajar del camión. Todas las cosas que llevaba colgadas sonaban al chocar unas con otras: Era como si se bajara del camión una vaca con su cencerro. Tampoco fue fácil entrar en aquella cabina. No me explico por qué los exploradores se empeñan en llevar trajes tan incómodos. Mi padre me tuvo que decir a gritos el número de nuestro teléfono porque, como yo nunca llamo a mi casa, no me lo acabo de aprender y eso que empieza por 6, que es un número bastante más fácil que otros.

Mi madre cogió el teléfono al momento, como si estuviera al lado esperando la noticia de su vida, y dijo:

—¿Qué pasa?

—Nada, que soy Manolito.

—¿Y cómo estás, hijo mío, cómo os está yendo el viaje, ya te has mareado?

—No me ha dado tiempo todavía, pero dentro de un rato, cuando entremos en la carretera general, me marearé, te lo prometo.

Eso parece que ya la dejó más tranquila.

—¿Te has tomado ya el bocadillo que te he hecho?

Así es mi madre, ella piensa que diez minutos después de despedirte de ella te da tiempo a comerte su bocadillo y a vomitarlo.

—No he tenido tiempo material —a mí me gusta decir mucho eso del "tiempo material", en mi clase nadie lo dice, ni siquiera mis padres lo dicen, sólo algunas veces se oye en el telediario.

—¿Cómo?

Ahora sí que no tuve tiempo material para explicarle lo del tiempo material porque se acabaron los cinco duros y se cortó la comunicación. Otra vez tuve que salir de la cabina como la vaca con su cencerro, mi padre me dio más dinero. Otra vez entrar en la cabina, otra vez mi padre gritar el número... Qué rollo de vida.

—Que los dientes del abuelo están en el congelador.

—¿Y tú por qué lo sabes?

—Porque el abuelo los metió ahí para tenerlos frescos a la mañana siguiente.

Con mi madre hay que acostumbrarse a tener reflejos a la hora de mentir, sus interrogatorios son terribles, deberían contratarla en la Brigada Criminal.

—Hay que ver qué hombre. Bueno, cariño mío, muchas gracias, te echo mucho de menos, que no te dé el sol en la cabeza, come lo que te pongan, háblale a papá para que no se duerma, avisa antes de vomitar y dile a papá que no se le olvide...

Otra vez se cortó. Me subí al camión arrastrándome, con todo mi equipaje a cuestas.

—Ya le he dicho lo de los dientes y ella ha dicho: "Dile a papá que no se le olvide... *pi, pi, pi*". Se ha cortado, ¿qué sería?

—No lo sé —dijo mi padre poniendo el camión en marcha.

—¿No quieres que llame otra vez para saber qué venía después del *pipipí*?

—Noooooooo —me dijo un NO de esos que dice cuando está empezando a perder la paciencia. Luego cambió el tono y dijo casi gritando:

—¡Vámonos, Manolito!

No sé si se refería a Manolito-camión o a Manolito-hijo. Qué más daba: Los tres Manolos íbamos juntos en el mismo viaje.

Al cabo de un rato mi padre se me quedó mirando:
—¿Es necesario que lleves todas esas cosas colgando? Un camionero tiene que procurar ir cómodo.

Tenía razón. Me fui quitando todo lo que me colgaba y tirándolo a la parte de atrás: La mochila, la cantimplora, los anteojos... Ser explorador era un rollo repollo. Yo era un camionero, como mi padre, por eso me quedé sólo con la riñonera, porque el dinero siempre hay que tenerlo cerca de uno. Me remangué un poco la camiseta y me puse a hacer que conducía. Mi padre se echó a reír mirándome con sus gafas y yo le miré con las mías. Éramos los dos camioneros más parecidos del mundo. Y yo también me eché a reír. Para entender este chiste tienes que llamarte Manolo como yo, como mi padre. Me sentía como Dios.

—Me ha dicho mamá que te hable para que no te duermas.

—Pues habla.

—¿De qué puedo hablar? Dime un tema.

—Yo qué sé, hijo mío, habla lo que a ti se te ocurra.

—O sea, tema libre, como una redacción.

Mi padre suspiró un poco.

Me puse los puños en las sienes para pensar y a los dos minutos de estrujarme el cerebro me salió uno:

—Ya se me ha ocurrido: Los accidentes de tráfico, ¿te gusta?

—No, no me gusta —dijo mi padre suspirando por segunda vez—. Piensa otro.

—Pues es el único que se me ocurre.

—Mira, Manolito, piénsatelo tranquilamente, sin prisas.

—¿Y si te duermes mientras? Te duermes, tenemos un accidente y mamá me echaría la culpa a mí.

—Manolito —esto me lo dijo muy despacito y diciendo muy claro cada trozo de las palabras—, he dicho que no me duermo. ¿Vale?

Bueno, me di un plazo para pensar el tema, puse la alarma de mi reloj superdigital para dentro de cinco minutos. Los cinco minutos pasaron sin éxito. Sonó la alarma.

—¿Para qué suena eso?

—Si quieres que hable tendrás que darme un tema, yo no tengo imaginación.

—Duérmete, dentro de un rato pararemos a desayunar.

—Yo no puedo desayunar.

—¿Por qué?

—Es que a mamá se le ha olvidado echarme los chocrispis.

—Tú quieres ser mi compañero, mi camionero-copiloto, en este viaje. ¿Verdad, Manolito?

—Sí.

—¿Y a cuántos camioneros conoces que no desayunen porque en el bar no hay chococrispis?

—Igual no los piden porque saben que no los hay, si los hubiera a lo mejor los pedirían. Alguien tiene que ser el primero.

—Pues tú no vas a ser el primero —no sé por qué pero parecía que se estaba enfadando el tío—. Tú vas a ser uno más de los que se piden un bollo o un bocadillo de queso.

—¿Hay muchos quesos en el bar en que vamos a parar?

—Pues sí, hay muchos quesos, montones de quesos manchegos.

—Es que no sé si te acuerdas de que una vez que fuimos al pueblo del abuelo paramos en un bar de los que tenían muchos quesos manchegos.

—¿Y qué?

—Que yo en esos bares que tienen muchos quesos manchegos me mareo.

Mi padre me dijo que yo parecía un Siete-Leyes y yo le pregunté que qué era un Siete-Leyes, y mi padre me explicó que un Siete-Leyes era un niño bastante pesado que siempre andaba incordiando a las demás personas con sus teorías.

—¿Y yo soy como ese niño?

—Todavía no, pero si sigues por ese camino que llevas, puedes llegar a serlo.

Me quedé callado, pensando que sólo llevaba un rato a solas con mi padre y parecía que ya se estaba hartando de mí. Mi madre siempre dice que a primera vista yo parezco un niño supersimpático, pero que cuando la gente pasa conmigo más de diez minutos ya no puede soportarlo. Decidí que como mi padre no me conocía muy a fondo, sólo a ratos los fines de semana, iba a cambiar de personalidad en este viaje. Iba a ser ese niño callado y misterioso que nunca he sido. Me puse el cronómetro a funcionar para proponerme estar en silencio veinte minutos. Mi padre, que me vio callado, me preguntó:

—¿Qué pasa, hijo, te está picando "Fernandillo"?

En Carabanchel Alto eso quiere decir: ¿Te está entrando el sueño? No me preguntes por qué, a lo mejor "Fernandillo" es el equivalente a la mosca tse-tse carabanchelera.

Como yo no contestaba me lo volvió a preguntar:

—¿Que si te pica "Fernandillo"?

Estuve en un tris de contestarle, pero me mordí el labio con fuerza para no hacerlo, porque ahora era ese niño callado y misterioso. No dije ni mu y cerré los ojos.

—Anda que no tienes tú puntos raros —oí que me dijo mi padre.

Pero ya lo estaba oyendo muy de lejos porque "Fernandillo" me había clavado su aguijón criminal y sin darme cuenta me quedé completamente sopa.

Me desperté porque el camión se había parado y porque mi padre me había abierto la puerta para ayudarme a bajar.

—El camionero jefe y el camionero-copiloto tienen que reponer fuerzas —dijo mi padre.

Mientras entrábamos en aquel bar yo eché de menos la cama en la terraza de aluminio visto que comparto con mi abu, y los desayunos con el Imbécil, que son desayunos de alto riesgo, porque el día que no se le cae el vaso del cola-cao al suelo, le da la risa y le salen los chococrispis de la boca como perdigones mortales. No exagero, en una ocasión, uno de los chococrispis me dio en la frente y me tuvo que poner mi madre un hielo para el chichón. Yo le dije a mi madre que, por favor, le diera una colleja al Imbécil (me gusta participar en su educación), pero mi madre me dijo que la culpa la tenía yo por hacerle reír incontroladamente cuando tenía la boca llena.

Pues todos esos buenos ratos en familia eran los que yo echaba de menos porque tenía sueño y porque cuando entré en aquel bar todo estaba lleno de quesos aceitosos en la barra, como yo me temía. Mi padre me sentó al lado de unos colegas suyos y uno de ellos se echó en el café con leche toda una copa del anís que le gusta a mi abuelo y, después de haber pegado un sorbo de oso hormiguero a la taza, se me acercó a la cara y me preguntó con su boca justo al lado de mi nariz:

—¿Y este gafillas de quién es?

Me quedé mirándole sin contestarle. Primero, porque era el niño callado y misterioso —recuerda— y, segundo, porque de la boca de aquel tío salía un pestazo criminal que me había dejado paralizado.

—Se le ha comido la lengua el gato —siguió el tío pesado.

—Es mi chico, que se ha mareado un poco —dijo mi padre.

Yo dije que no quería desayunar, pero mi padre se empeñó en pedirme un vaso de leche. El tío pesado me dio un

codazo como si fuéramos amigos de toda la vida y me dijo otra vez cerca de la nariz:

—Si quieres te echo un chupito de mi vitamina en la leche y ya verás cómo se te pasa el mareo.

Dicho esto se puso a reírse de su ocurrencia.

—Déjalo, Marcial, que ahora no está para bromas.

Así que el tío pesado se llamaba Marcial. Mi padre se puso a hablar con él de carreteras y de portes y de cosas que a mí no me importaban. Y a mí me pareció que mi padre era otra persona que la que yo conocía, que aquel padre que venía a mi casa los fines de semana y que casi nunca hablaba demasiado. Allí en el bar saludaba a todo el mundo, hablaba con el camarero, que estaba detrás de los quesos; con Marcial, que pegaba sorbos sonoros a su mejunje asqueroso y parecía que se lo estaba pasando de maravilla. Me acordé de cuando mi padre decía que se pasaba la vida como un perro solitario andando por esas carreteras. Ja, ja, como un perro solitario. Mentira podrida.

Antes de salir del bar el gracioso de Marcial le dijo a mi padre:

—Pues sí que es simpático tu chaval y qué conversación tiene.

Dejé que mi padre saliera y me acerqué a él para decirle:

—Si bebes, no conduzcas.

Me fui corriendo y allí lo dejé, pero pude oír que decía a mis espaldas:

—Nos volveremos a ver, chaval, nos volveremos a ver.

Y un escalofrío mortal me recorrió todas las partes de mi cuerpo.

Nos volvimos a montar en el camión. La alarma de mi reloj sonó y yo respiré porque estaba de ser un niño callado y misterioso hasta las narices.

—¿Por qué hablas tanto con las personas? —le pregunté a mi padre.

—Porque son mis amigos.

—¿Pero superamigos? Del uno al diez, ¿cuánto de amigos?

—Pues... seis, más o menos.

—¿Sólo seis y hablas tanto?

—¿Y qué problema le ves a que yo hable?

—Nada, que como en casa no hablas, será que a nosotros nos quieres un cinco o un cuatro.

Mi padre se echó a reír y a mí me dio rabia que se riera de un tema tan serio.

—Y aunque tu amigo sea un borracho, ¿a ti no te importa?

—¿Qué amigo es un borracho?

—Marcial, que se echa anís para desayunar.

—Pero eso no es ser un borracho.

—Sí, porque mamá no le deja bajar al abuelo a desayunar al Tropezón para que no se eche anís en el café porque dice que un viejo borracho es lo más feo que puede verse en el mundo.

—Tu madre es un poco exagerada.

—¿Cuánto hay que beberse entonces para ser un borracho?

—No te podría decir...

—¿La botella entera?

—Es que tú quieres respuestas para todo, y no todo tiene respuestas. Tu madre ve a uno que se desayuna un anís y dice "ése es un borracho", y yo no soy así.

—¿Y tú cómo eres?

—Pues ahí sí que me rindo. Que cómo soy..., que cómo soy... ¿Tú cómo me ves? Dímelo con sinceridad.

Le miré un rato y al final de ese rato, le dije:

—Pues eres... un poco grande tirando a gordo, y un poco serio tirando a callado, y eres bastante bueno porque como casi nunca estás en casa nos riñes menos que mamá.

—Así que un tío grande tirando a gordo...

Lo repitió mirándome muy serio y yo creía que me iba a regañar, pero de repente se echó a reír a carcajadas:

—Un tío grande tirando a gordo que es bueno porque nunca está en casa. Sí, señor, ¡ése soy yo!

Mientras mi padre se reía yo empecé a notar que un sudor frío me llenaba la cabeza. De la boca me salió un eructo ensordecedor, de los que solían soltar los dinosaurios velocirraptor después de comerse cuatro o cinco árboles del Planeta, y después del eructo salió sin que pudiera controlarlo una masa volcánica de mi boca. La masa volcánica cayó sobre el asiento y mi padre pegó un frenazo poniendo en peligro nuestras vidas para apartarse de la masa terrorífica, que se estaba extendiendo por todo el asiento.

—*Jodé*, cómo lo has puesto todo, hijo mío.

—Te lo dije, me pasa siempre que entro a un bar de esos de quesos.

Mi padre me miró como si estuviera bastante harto de mí.

—La próxima vez no me vomites en el asiento, vomitas en...

Se puso a buscar un recipiente donde pudiera vomitar si es que el volcán volvía a ponerse en erupción y no encontró nada más que mi gorra de las Tortugas Ninja.

—La próxima vez antes de vomitar en el asiento, vomita en tu gorra.

No te lo creerás pero a mí sólo de imaginarme mi gorra nueva de las Tortugas Ninja llena de mi propio vómito me entró una pena que se me saltaron las lágrimas (dos).

—¿Y, ahora, por qué lloras?

—Porque no quiero que se me estropee mi gorra.

Mi padre me dijo que entonces lo mejor sería que no volviera a vomitar (es un hombre de grandes soluciones), que mirara al frente y que me pusiera a disfrutar del paisaje. Yo miré a eso que mi padre llamaba el paisaje. El paisaje se parecía mucho a un secarral que compraron mis padres el año pasado para que nos hiciéramos un adosado. Pero no encontramos a nadie que quiera hacerse un adosado con nosotros. Durante dos meses sacamos el anuncio en el *Segundamano*:

Ofertón: Familia García Moreno ofrece a la venta la mitad de un prado para hacer adosado. Vistas inigualables y familia encantadora.

49

Durante esos dos meses estuvimos yendo todos los fines de semana a enseñar el Ofertón. La gente se quedaba pálida al ver lo que mi madre había anunciado como prado. Miraban el secarral, nos miraban a nosotros, y también miraban al Imbécil que se divertía persiguiendo a los ratones de campo con su pistola de ventosas y riéndose como un niño poseído de un lado para otro. La gente se metía en su coche sin decir ni adiós. Algunos arrancaban el coche tan deprisa que las ruedas derrapaban y se montaba una nube de polvo terrorífica que nos cubría a todos nosotros.

Mi abuelo dice que no sabe si salían huyendo al ver el secarral o al vernos a nosotros. Está visto que, por lo que sea, nadie quiere ser compañero de adosado en nuestro secarral de las afueras de Parla. A mi madre cada vez que sale el tema "Secarral" se le tuerce el morro. Antes decía con una sonrisa: "Nuestra tierra"; ahora dice: "El secarral que compró tu padre". Es una costumbre de los García Moreno echarnos la culpa los unos a los otros. Son tradiciones familiares que pasan de padres a hijos.

Yo le dije a mi madre que no había que perder la esperanza, que en las películas cada vez que había un secarral que despreciaba todo el mundo, en ese secarral salía petróleo y los protagonistas se hacían millonarios y se fumaban tres puros, o que a lo mejor teníamos suerte y nos lo compraban para poner un cementerio de coches o un vertedero de basuras. Mi madre me dijo con el morro torcido (morro "Secarral"):

—Para vender el secarral haría falta un milagro.

50

Es verdad, un milagro de esos que se aparece la Virgen y la gente se entera y la gente va como loca a comprar garrafas del agua de la roca donde se apareció la Virgen. La Luisa tiene una garrafa de cuando fue a ver a la Virgen de Fátima y, por las noches antes de meterse en la cama, mete el dedo en la garrafa y se pone dos gotitas detrás de las orejas porque dice que así la vida le va que te pasas de bien.

Nosotros, el agua de la "Virgen del Secarral" en garrafas, no la podríamos vender. Allí tipo *souvenir* milagroso sólo se podría vender un puñado de tierra o algún ratón del secarral que el Imbécil metiera en un bote. Para que la gente echara ese ratón en una botella de licor. Y el Imbécil y yo vendiendo como locos artículos supermilagrosos. Entonces, todo el mundo querría comprarnos nuestra tierra y diríamos:

—No, no, amiguito, haberlo pensado antes, cuando aún no se había aparecido la Virgen.

Mi madre dice que la Virgen no se nos puede aparecer porque mi abuelo no cree en Dios y que así nos va la vida como nos va. Yo le dije a mi abuelo que si no le importaba creer en Dios un poco de tiempo, dos o tres meses, para ver si la cosa cambiaba. Mi abuelo dice que me promete que si vendemos el secarral empezará a creer en Dios. Estas conversaciones no se pueden tener delante del Imbécil porque es el único que tiene cariño al secarral (por su afición a cazar ratones), y como se entere de que está en venta se pone como él se pone cuando se pone: Tirado en el suelo boca abajo y llorando con unos gritos que han llegado a oírse en ocasiones en Carabanchel Bajo.

Esto venía a cuento de que mi padre me había dicho que disfrutara del paisaje, y el paisaje por el que pasábamos era un secarral detrás de otro: Un secarral interminable.

—Me acuerdo del secarral —le dije a mi padre, para que viera que soy un niño con un corazón dentro.

Mi padre me miró con cara rara y me dijo:

—En cuanto tenga algo de tiempo os voy a sacar de viaje porque, aparte del Parque del Ahorcado y del secarral, no habéis visto nada de nada, y no quiero tener unos hijos tan catetos.

Yo no sabía lo que era un cateto, pero me sonó fatal, y le dije a mi padre que sí que había estado en muchos más sitios: En Mota del Cuervo (Cuenca), que es el pueblo de mi abuelo; en Carabanchel Bajo, en la Gran Vía y en la *Semana del Japón en Carabanchel* que se celebró en el Pryca. Mi padre se echó a reír y, cuando la risa le dejó hablar, me preguntó:

—¿Y entre Carabanchel Bajo y Japón, con qué te quedas?

—Con Japón, mola más.

Y para que se diera cuenta de mi gran sabiduría oriental le conté mi experiencia japonesa. Una historia espeluznante que te encontrarás en el siguiente capítulo y que pienso contar desde el principio de los tiempos.

SEGUNDA PARTE:

LA SEMANA DEL JAPÓN

Lo anunciaban por la radio de mi barrio: "¡Ha llegado la Semana del Japón!", y luego se oía un *gong* que te ponía los pelos de punta. El Japón había llegado al híper que hay cerca de mi casa y mi madre estaba que se moría por celebrarlo, así que llamó a la Luisa y se lo dijo:

—¿Lo has oído? Ha llegado la Semana del Japón.

—Sí. Yo ya me estaba vistiendo. No hay tiempo que perder.

Mi madre hizo todo lo posible porque nosotros no nos fuéramos con ella, pero nadie estaba dispuesto a cuidarnos. Se lo pidió a mi abuelo:

—Esta tarde no, Cata, tengo la Final de Petanca en el Parque del Ahorcado.

—Pues llévatelos.

—No me dejan mis amigos.

Y es verdad, a mi abuelo no le dejan que vaya el Imbécil a las partidas de petanca porque el Imbécil muerde a los viejos que le van ganando a mi abuelo. Un día le mordió en la pierna a un viejo, que es amigo de mi abuelo, y a ese viejo le tuvieron que poner la antirrábica y todo, porque yo le dije a ese viejo que el Imbécil compartía el chupete con la Boni (la perra de la Luisa), y el viejo se puso a gritar y a montar el número mirándose la marca de los dientes del Imbécil en la pierna. No cogió la rabia pero estuvo sin hablarse con mi abuelo durante meses.

Mi madre insistió en que mi abuelo cargara con nosotros:

—Pero, papá, ¿es que no me vas a hacer ese favor?

—Pero si te lo hago todas las tardes. No tengas morro, Catalina.

—No puedo nunca ir a ningún sitio. Me tenéis atada entre unos y otros.

Mi madre siempre dice que no puede salir pero nunca está en casa. Y yo no me quejo, que conste. A nosotros nos gusta (a mi abuelo, a mí y al Imbécil).

Ella jamás se da por vencida así que le empezó a pedir a la gente que se quedara con nosotros. Bajamos con ella al Tropezón, a ver si el señor Ezequiel nos quería cuidar:

—Mira, Ezequiel —dijo mi madre con una sonrisa—, ellos se están aquí en una mesita viendo la tele, calladitos, y no hay niños.

El señor Ezequiel se rascó la cabeza:

—Catalina, no me intentes vender la burra que conozco a tus niños como si los hubiera criado en el bar. Me los dejas y dentro de cinco minutos me están cambiando el canal de la tele para poner sus dibujos, me están manoseando todas las tapas y se están riendo de los clientes.

Yo y el Imbécil empezábamos a estar un poco deprimidos, porque es un corte mortal que tu madre busque un voluntario para cuidarte y que nadie quiera quedarse contigo. Se lo pidió a la Porfiria, la panadera:

—¿Con éstos, te crees que estoy loca? Y se pasan el rato pidiéndome chucherías, si estos niños no tienen boca más que para pedir.

Se lo pidió a la madre del Orejones:

—No puedo —dijo la madre del Ore—, yo también voy a la Semana del Japón. He dejado al Ore con la psicóloga, pagándole dos horas extras.

—¿Y no le puedo dejar yo también los niños a la psicóloga?

—No, porque eso ya sería terapia de grupo y mi Ore necesita un tratamiento de choque individual.

Mi madre estaba tan desesperada que se lo llegó a pedir al vecino del cuarto, uno que nos ha hecho una gotera en el techo del váter porque dice mi abuelo que tiene cara de mear fuera de la taza, fijo.

Subimos al cuarto la Luisa, mi madre, yo y el Imbécil. Yo y mi hermano estábamos cogidos de la mano porque el vecino del cuarto siempre que nos ve, gruñe.

Abrió la puerta y dijo:

—¿Y ahora qué pasa?

Y la Luisa tomó la palabra:

—Es que Catalina y yo nos vamos al médico y los niños no tienen con quién quedarse...

El vecino del cuarto nos miró con el odio asesino de siempre, y yo y el Imbécil nos escondimos detrás de mi madre.

—¿Y qué? —dijo.

—Pues que hemos pensado —siguió la Luisa— que puede ser una buena oportunidad de que hagamos todos las paces y de que usted conozca a los niños de cerca, porque estos niños no son lo que parecen.

—¿Ah, no?

—No. Parecen insoportables, parecen malos porque gritan muchísimo, porque son muy empachosos...

Y siguió mi madre:

—Porque no dejan vivir a nadie, se pelean continuamente, han pintado la escalera...

Y siguió el vecino:

—Me martirizan con los gritos a la hora de la siesta, y cómo se insultan el uno al otro, mi mujer y yo lo comentamos: Parecen camioneros.

—Cuidado —dijo mi madre—, que mi marido es camionero.

—Perdón, perdón, no lo decía por su marido. Lo que quería decir es que estos niños no se los regalaba yo a nadie.

—¡Eso sí, eso sí! —dijeron a coro mi madre y la Luisa.

Entre todos nos estaban poniendo verdes. Menos mal que nosotros no tenemos sensibilidad, que si fuéramos de

esos niños que les salen traumas, tendríamos ya todo el cuerpo lleno. La Luisa empezó a defendernos un poco:

—Pero todo eso es la apariencia, se lo digo yo, que soy para ellos casi más que una madre, porque a estos niños me los he tenido que tragar yo un montón de tardes que su madre no estaba.

—Bueno, no tantas, Luisa... —dijo mi madre un poco dolida.

—Unas pocas —la Luisa llevaba la voz cantante—. Y le digo yo que detrás de estos dos monstruos de apariencia diabólica —la Luisa nos cogió ahora por la cabeza al Imbécil y a mí— hay dos angelitos que quieren salir. Pero eso a primera vista no se ve, claro, hay que estar mucho rato con ellos.

—¿Cuánto rato? —dijo el vecino mascando el palillo que llevaba en un lado de la boca.

—Dos horas —dijo corriendo mi madre.

—No —dijo el vecino.

—Una hora y media —dijo ahora la Luisa.

Parecía que nos estaban subastando.

La mujer del vecino se asomó para decir:

—Ni diez minutos, Cucú —mi vecina siempre llama así a su marido y al Imbécil y a mí siempre nos da la risa.

Esta vez también nos dio y Cucú nos miró con odio.

—Ni diez minutos —dijo otra vez la mujer de Cucú— porque te tendrías que quedar tú solo con ellos. Recuerda que yo me voy a la Semana del Japón.

Mi madre y la Luisa se marcharon sin decir adiós ni a Cucú ni a su mujer, y yo y el Imbécil fuimos detrás de ellas como dos tontos a los que no quería nadie. A otros niños de otros barrios se les hubiera formado en el cerebro una depresión como una catedral pero aquí, en Carabanchel, los niños de la infancia estamos acostumbrados a que nuestras madres siempre anden por las tardes buscando alguien que se quede con nosotros y que nos aguante. He oído que en otros barrios hay chicas que cobran dinero por quedarse con niños que se quedan solos, aquí, en Carabanchel, la costumbre es pedir el favor a quien sea. Así que la gente la primera vez dice que sí, que sí y que para eso estamos los vecinos, y cuando ese vecino inocente aguanta más de una hora a un niño de Carabanchel Alto, ese vecino ya no quiere volver a repetir la experiencia.

—Es que ni aunque me pagaran, fíjate —dice ese vecino escarmentado.

Así que la madre tiene que buscar un vecino nuevo en cada ocasión.

Yo les dije a la Luisa y a mi madre que podíamos quedarnos solos pero mi madre me recordó que la última vez que nos dejó salía humo por la ventana, porque yo le había estado enseñando al Imbécil a prepararme las tostadas del sábado y en una de ésas empezó en la tele *El Chavo del Ocho*, se nos fue la olla a Camboya y dejamos las tostadas en el tostador hasta que se pusieron negras, y se puso la cocina negra, y el humo negro salió por la ventana de la cocina, y llegó hasta la nariz de mi madre que, en ese momento, volvía con dos candelabros de *La semana de Transilvania* en el Sepu. Tiró los candelabros que había comprado y subió ahogándose por las escaleras. Las tostadas seguían en el tostador y el Imbécil y yo estábamos cantando las canciones de los anuncios. No habíamos olido nada, pero es que ya te dije antes que no tenemos sensibilidad.

Por eso mi madre no quería ni oír hablar de dejarnos solos. Yo pensé que iba a decir:

—Está bien, me fastidio y me quedo en casa yo también.

Pero como es la típica madre imprevisible dijo:

—Está bien, me fastidio y me los llevo. Pero, mucho cuidadito. Al primero que me pida que le compre algo le suelto una colleja.

Era cierto. Yo sabía que esa tarde las collejas estaban sobrevolando peligrosamente nuestras cabezas. Así que me apreté la lengua hasta casi hacerme sangre para estarme callado. Los niños de Carabanchel Alto no sabemos entrar a ninguna tienda sin ponernos a pedir como posesos. Es un impulso irrefrenable que han estudiado científicos de todo el mundo. Un científico chino dijo que a algunos niños este síndrome se les curaba con una buena colleja de su madre, pero esta terapia no vale con todo el mundo. Hay niños en mi barrio que una vez que se les ha pasado el picor de la colleja vuelven a pedir como si nada.

Entramos todos al híper por el Sector-Pollería porque mi madre quería comprar ese pollo que nos pone todos los domingos para comer. No es que sea el mismo pollo, entiéndeme, pero deben de ser de la misma familia porque todos saben igualito, un poco *requemaos* por fuera, porque mi madre hace el pollo igual que el Imbécil las tostadas: Se baja al Tropezón a tomarse unos *vermutes* con mi padre y deja al pollo en la soledad de su horno a que se chamusque. Lo original del pollo es que luego por dentro está crudo. Menos mal que el inconfundible sabor a "Pollo Catalina" se lo quitamos nosotros poniendo en el plato un suave lecho de *ketchup* que lo mejora bastante.

Llegamos a la pollería y mi madre le dijo al pollero:

—Quiero ése.

Como si entre todos los pollos ella tuviera muy claro cuál iba a ser su próxima víctima.

Con el pollo en nuestro poder entramos en la Semana del Japón en Carabanchel. Por los altavoces salía la voz de una chica japonesa que cantaba su canción japonesa y había máscaras con caras de hombres con la piel blanca y la boca roja y abierta, y también había unas figuras de cerámica de lujo de luchadores de Sumo a punto de atacarse. A mí me pareció de pronto que estaba en el mismo Japón y cogí la mano de mi hermano para que no nos perdiéramos en el Lejano Oriente. El Imbécil, que es un niño bastante extraño, se soltó de mí porque estaba muy emocionado cantando la canción de la chica japonesa. La cantaba como si se la supiera de toda la vida, te lo juro. Mi madre y la Luisa se le quedaron mirando como si el Imbécil estuviera poseído y mi madre dijo con cara de disgusto:

—Qué raros son mis hijos, Luisa, yo cada día los veo más raros.

Y le puso la mano en la frente al Imbécil por si tenía fiebre, pero no tenía. La Luisa tranquilizó a mi madre diciéndole que debía de ser que en su anterior reencarnación el Imbécil había sido una cantante japonesa. Pero al rato, el Imbécil cogió uno de los sables de guerra mortal de los samuráis y empezó a moverlo de un lado para otro mirándonos como si nos fuera a partir en dos. Nos quedamos mirándole bastante aterrorizados.

—Desde luego no sé si antes fue un samuray o una cantante japonesa —dijo la Luisa—, pero que su vida anterior este niño la pasó en Japón, de eso me juego el cuello.

Llegamos a una oferta que había de kimonos con dragón en la espalda y la Luisa y mi madre los toquetearon todos para llevárselos al probador. Mientras, el Imbécil había vuelto a ser cantante japonesa y yo me aburría porque yo en las tiendas siempre me aburro a no ser que me vayan a comprar algo (este síntoma forma parte de la enfermedad que te expliqué antes). De pronto, mi madre dijo que la gran oferta de los kimonos era llevarse siete por el precio de cuatro. Se llamaba "Gran Oferta Los Siete Samuráis".

—Manolito, levanta del suelo, ¿te gustaría tener un kimono?

Yo le dije que no con la cabeza.

—Hay que ver el niño este, siempre está con sus caprichitos y hoy que a mí me interesa, no quiere. Pues te aguantas, porque te lo voy a comprar.

Otro síntoma de la enfermedad de pedir en las tiendas: A los niños de Carabanchel Alto nunca nos gusta lo que nues-

tras madres nos quieren comprar. Pero para mi madre eso no es problema porque ella siempre va a su bola.

Mi madre y la Luisa estaban supercontentas, decían que parecía que la "Gran Oferta Los Siete Samuráis" la habían pensado para ellas. "Los Siete Samuráis" serían: Mi madre, la Luisa, Bernabé, mi padre, mi abuelo, yo y el Imbécil. Además dijo la Luisa que siempre había pensado que el hábito hacía al monje, así que en cuanto nos pusiéramos los kimonos se respiraría una paz oriental en nuestros hogares.

Como había tanta gente en la cola de los probadores, nos metimos todos en el mismo: Los cuatro (Samuráis) y el pollo. Mi madre nos hizo quitar las camisetas para probarnos los kimonos y la Luisa y ella, cuando nos vieron en el espejo con los kimonos puestos, dijeron:

—Pero qué ricos están.

Yo no quería el kimono de seda con el dragón porque, si se enteraban los niños de mi clase, me iban a llamar cosas horribles que no quiero poner aquí en este libro tan fino. El Imbécil estaba encantado y seguía cantando las canciones de la chica japonesa como si entendiera todas las letras. A mí, ya me tenía superharto así que le dije:

—¡Deja ya de hacer el tonto, que no sabes ni lo que cantas!

—Sí que lo sabe el nene.

—A ver, ¿qué es lo que está diciendo ahora la cantante japonesa, listo?

El Imbécil cerró los ojos un momento como para escuchar mejor la letra. Se le había puesto de repente cara de traductor simultáneo, y en ese extraño estado empezó a decir:

"¡Cómo nos gusta el arroz!
cantamos los japoneses
por eso nos lo comemos
felices los doce meses."

Me entró un escalofrío mortal por todo el cuerpo, que me tuve que sentar con el kimono puesto en el suelo del probador. No es fácil la convivencia con un hermano de cuatro años que tiene poderes paranormales. Al ver que yo me sentaba, el Imbécil, con su kimono, se sentó conmigo. La Luisa y mi madre se debían de haber probado ya cuarenta kimonos y, por el bulto que había encima de la silla, debían de quedar otros cuarenta.

Al Imbécil para divertirse no se le ocurrió otra cosa que hurgar en la bolsa del pollo y sacar las dos patas. Me dijo que si jugábamos a *Godzilla*. A mí el pollo crudo me da un asco que vomito (el pollo chamuscado de mi madre también), así que me tuve que poner una bolsa de plástico en la mano como si fuera un guante para poder coger aquella pata. Cada uno cogió una pata y estuvimos un buen rato luchando pata contra pata mientras el Imbécil daba extraños alaridos en japonés cada vez que atacaba mortalmente mi pata. Al rato nos aburrimos y el Imbécil volvió a meter la mano en la bolsa del pollo en busca de emociones fuertes. Rebuscó un tiempo hasta que sacó la cabeza. Quería que volviéramos a pelear, ahora él con la cabeza y yo con las dos patas. Le dije que no porque, entre la cabeza de aquel pollo muerto y los extraños gritos de ataque del Imbécil, me estaba dando un mal rollo que por la noche seguro que iba a soñar con la Noche de los Pollos Vivientes.

El Imbécil siguió él solo con sus juguetes asquerosos, en cada mano llevaba una pata y las hacía andar como si fueran las patas del monstruo *Godzilla*. Hacía rodar la cabeza y luego se acercaba hasta ella con las patas terroríficas. En una de ésas, lanzó la cabeza del pollo tan lejos que se coló por la rendija del probador y fue a parar al probador de al lado. El Imbécil y yo nos agachamos y vimos que la cabeza se había quedado entre los pies descalzos de una señora que se estaba probando también kimonos. Nos entró una risa mortal. La cabeza de pollo entre los pies y mirando para arriba. Yo creo que el Imbécil se sentía identificado con la cabeza de ese pollo porque hay veces, cuando vienen amigas de mi madre a casa, que él hace lo mismo: Se tumba en el suelo y mira para arriba.

—¿De qué se ríen éstos ahora? —le dijo la Luisa a mi madre.

—Yo qué sé, hija mía, hay veces que les entra esa risa y no se les va en dos horas.

La del probador de al lado estaba todo el rato a punto de pisar la cabeza pero nunca llegaba a pisarla. El Imbécil se tiraba fuerte del pito porque le faltaba muy poco para mearse de la risa. Yo le dije que me diera a mí una pata, y cada uno armado con nuestra pata nos tumbamos en el suelo para poder meter mejor el brazo en el probador de al lado. Queríamos que nuestras patas de Pollo Viviente alcanzaran la cabeza del pollo muerto que en cualquier momento podía resucitar y pegarle un picotazo a aquella mujer en toda la pierna. Era una misión humanitaria. Mi madre nos miró:

—¿Qué hacéis ahí tirados? Vais a limpiar el suelo del probador con el kimono. Es que no sabéis cuidar las cosas, es que no se os puede comprar...

No pudo decir más porque oímos un grito aterrador que venía del probador de al lado. La Luisa abrió la puerta y salimos al pasillo. Un montón de mujeres y de niños vestidos con kimonos había salido de todos los probadores. Vi de lejos las orejas del Orejones López que se coló entre las señoras para venir hasta donde estábamos nosotros. Llegó vestido con un kimono amarillo.

—¿Qué haces aquí? Yo creí que te había dejado tu madre con la psicóloga.

—Ha sido la psicóloga la que me ha traído. Me ha dicho que hoy la terapia era que me llevaba a una tienda a ver qué tal me portaba.

—¿Y cómo te portas?

—Igual que siempre. Llevo todo el rato pidiéndole que me compre lo que sea, y al final me ha dicho que me compra este kimono para ver si así me callo un rato. Y de paso se va a comprar ella otro.

—Pues mola esa terapia —le dije yo—. A mí me han comprado este que llevo, pero no por terapia sino porque quiere mi madre.

Por fin se abrió la puerta del probador del grito y la mujer del grito era, nada más y nada menos, que la mujer de Cucú que estaba pálida como una puerta. Con la voz entrecortada dijo:

—He pisado una cabeza de pollo en el suelo de mi probador.

Un montón de cabezas de mujeres con kimonos se asomaron a su probador y dijeron:

—¡Ooooooohhhhh!

Además de la cabeza de aquel pollo que parecía que nos miraba desde el suelo había también el brazo de un niño que salía de la rendija de nuestro probador y que con una pata de pollo en la mano buscaba a tientas la cabeza (del pollo). Las señoras de los kimonos y la mujer de Cucú miraban aquella operación-rescate con los ojos tan abiertos que yo temí que se les salieran de las órbitas y empezaran a caer ojos por el suelo.

—Es que hay veces que se encuentra una cada cosa en los probadores —dijo una señora con un kimono azul.

Por fin, la pata del pollo llegó hasta la cabeza. Entonces, como el Imbécil no podía conseguir que la Pata Viviente agarrara la presa, tiró la pata por los aires. Las señoras gritaron y se echaron para atrás para que no las rozara aquella pata. Y después del grito general, la mano de ese niño (el Imbécil) cogió, sin cortarse un pelo, la cabeza y volvió a meter el brazo en nuestro probador.

El Imbécil se asomó por la puerta con la mejor de sus sonrisas y alzó el brazo con la cabeza del pollo agarrada por las plumillas de arriba.

—Lo ha matado el nene —dijo el Imbécil.

Las señoras hicieron:

—¡*Aaaaggggg!*

No todas las personas están preparadas para entender los juegos del Imbécil ni su sentido del humor.

La mujer de Cucú miró fijamente a los ojos a mi madre y le dijo:

—¿Conque al médico, eh?

Y la Luisa se puso por delante de mi madre como si tuviera que defenderla y le soltó a la mujer de Cucú:

—Pues si no ha ido al médico es porque su Cucú no ha querido quedarse con los niños. Pero, aquí donde la ve, está bastante enferma.

La mujer de Cucú se dirigió a todas las señoras del kimono buscando a alguien en el mundo (mundial) que le diera la razón:

—Dios mío, Dios mío, yo también estoy enferma. Esta familia es una pesadilla que me ha tocado a mí en la vida. No me basta con tenerlos de vecinos de casa, ahora tengo que soportarlos de vecinos de probador.

La mujer de Cucú hablaba como si estuviera a punto de llorar. Entonces llegó la psicóloga del Ore, que es la *sita* Espe, con un kimono rojo y le dio a la mujer de Cucú una tarjeta con su teléfono por si quería acudir a una terapia de grupo que estaba organizando, especial para personas que fueran vecinas de niños de mi colegio. La mujer de Cucú se quedó mirando la tarjeta como hipnotizada y dijo muy bajito que gracias. En ese momento nos dio bastante pena pero al momento siguiente se nos pasó porque nos dirigió una de esas miradas de odio que nos dedica cuando nos cruzamos con ella por la escalera. Las señoras fueron metiéndose en sus probadores y nosotros también. Cuando estuvimos dentro, mi madre nos dijo que no volviéramos a jugar más en nuestra vida con un pollo muerto.

—Y te lo digo también a ti —le repitió al Imbécil—, no se juega más con el pollo.

El Imbécil la miró indignado primero, luego le empezó a temblar la barbilla y llorando volvió a meter las patas y la cabeza en la bolsa de plástico.

—No llores, cariño mío —le decía la Luisa—, que tu Luisa te llevará a la tienda de bromas a que cojas tú todos los pollos muertos y los ratones que tú quieras, que son de plástico y no huelen, pero ya verás tú cómo asustan a las señoras de los probadores.

El Imbécil siempre sale ganando. Cada vez que le riñen le tienen que comprar cosas para que se le pase el disgusto. Cuánto me gustaría ser el Imbécil.

Vestidos otra vez con la ropa de Carabanchel y con los kimonos en la bolsa fuimos a comprar los luchadores de Sumo para la Luisa, que tenía el capricho. Allí nos encontramos a la madre del Orejones y al novio de la madre del Orejones. Estaban los dos muy quietecitos y un poco agachados detrás de la estantería.

—He visto al Orejones. Está con la psicóloga en los probadores —le dije.

—Ya lo sé —me dijo muy bajito—. ¿Me puedes hacer un favor, Manolito?

La madre del Orejones me peinó el flequillo, como hace siempre, y a mí me entraron ganas de cerrar los ojos del gusto que me dio.

—No le digas que estoy aquí. Es malo para su terapia psicológica.

—Vale —le dije hablando yo ahora bajito también—. Nunca se lo diré. Me he comprado un kimono azul.

—Pepín y yo, también. Anda que no estarás guapo tú con tu kimono azul. Un día que vengas a dormir te lo traes que yo te vea.

La madre del Orejones y su novio Pepín se fueron escondiéndose por las estanterías para no estropear la terapia del Orejones. La madre del Orejones siempre está pensando en el Ore, y además es tan buena por fuera y por dentro, que me quedé medio flipado imaginándola con el kimono puesto y se me puso una sonrisa de patilla a patilla (de las gafas), me la imaginaba poniéndonos la cena al Ore y a mí con el kimono. Lástima que, como no tengo control mental, en mi imaginación se metió por medio también Pepín, también con su kimono y también poniéndonos la cena, y tuve que darme un tortazo en la cabeza para quitármelo de encima.

La Luisa se compró los luchadores de Sumo. Ella llevaba uno y mi madre el otro porque pesaban casi tanto como un luchador de Sumo de verdad. Yo tenía que llevar la bolsa de los siete kimonos y el Imbécil las dos gorras de

las Tortugas Ninja, que nos había regalado mi madre como recuerdo del Japón actual.

Entramos en casa de la Luisa y la Boni, como siempre, nos recibió echando su meadilla de alegría en mitad del salón. Luego se puso a olisquear las bolsas de los kimonos buscando algún regalo para ella.

—Ay, mi Boni, mi niña chica, que no le ha traído nada su mamá.

Mi madre dice que es un poco exagerado el cariño que la Luisa le tiene a la Boni. Lo dice porque le da rabia que la Luisa sea una madre más cariñosa con su perra de lo que es ella conmigo, por ejemplo. Si yo me meara de alegría cuando mi madre volviera a casa no me quiero imaginar cómo se iba a poner.

Como no le habíamos traído nada a la Boni se puso rencorosa y se fue a un rincón. El Imbécil le ofreció el chupete para consolarla y la Boni le enseñó los dientes. En esos momentos se le pone cara de perra loca.

—Ay, qué graciosa —dijo la Luisa—, es como una persona.

La Luisa colocó a los dos luchadores de Sumo en una parte de su salón que está dedicada a los países del mundo. Allí tiene una gaita colgada que compró el año pasado en la Semana de Escocia; una brasileña que en el pasado le dabas cuerda y sonaba una música y movía el culo de un lado para otro, pero la cuerda se estropeó después de que el Imbécil se pasara una tarde entera dándola y dándola. Se ve que la brasileña dijo: "Hasta aquí hemos llegado". La Luisa también tiene un violín muy pequeño de Viena y unos pergaminos auténticos que estaban en las Pirámides colgados hasta que los compró la Luisa. Cuando sea mayor yo tendré un rincón igualito que el de la Luisa, con un cartel grande que diga: "El Mundo Mundial".

Los luchadores de Sumo quedaron superchulos en el rincón de países del mundo. El Imbécil se pidió ir con el luchador que enseñaba los dientes en señal de ataque, y yo con el otro que era más peligroso todavía porque se estaba mordiendo los labios de las ganas que tenía de ponerle al otro la cara del revés.

Cuando subimos a casa, mi abuelo se puso muy contento de vernos, pero en vez de mearse como la Boni en el centro del salón, se fue al váter, porque mi abuelo está de la próstata pero no es un guarro. Le enseñamos el kimono que le habíamos comprado y mi abuelo puso una cara medio rara:

—¡Antes muerto que ponerme yo ese batín, Cata!

Pero mi madre le llamó desagradecido y antiguo y le dijo que a todo le tenía que poner pegas y que un abuelo en camiseta era de lo peor que se puede ver dentro de una casa, así que mi abuelo se tuvo que poner el kimono sin más remedio, claro que se lo puso encima de la ropa que llevaba y, cuando lo vimos comiéndose el soperío de por la noche con el kimono, nos pareció un abuelo auténtico japonés que habíamos visto en una película de guerreros japoneses. A mi padre le contamos por teléfono lo de su nuevo kimono y mi padre le dijo a mi madre que ya lo podía ir devolviendo porque él no pensaba hacer el ridículo. Pero cuando al día siguiente volvió de la carretera mi madre le hizo ducharse y le puso el kimono. Mi padre dijo:

—Ay, Cata, me lo pongo para que no te enfades.

Y todos cenamos con el kimono puesto y la Luisa y Bernabé, como tienen confianza, subieron con el suyo, y nos entró una risa japonesa que hizo temblar las paredes y al rato teníamos, como siempre, a la mujer de Cucú que venía a protestar, también en kimono, y Cucú se asomó un pelín por la puerta con el suyo puesto.

La Semana del Japón hubiera acabado bien si no hubiera sido porque al Imbécil y a mí nos dio por jugar en el salón, una tarde después del colegio, a los samuráis. El Imbécil sufrió una transformación de las suyas y le salió el samuray que llevaba dentro. No veas cómo subía las piernas todas tiesas para arriba, y cómo hacía como un baile con los brazos, un baile de ataque mortal. Mi abuelo le decía:

—Nene, nene, a ver si le vas a saltar las gafas al Manolito.

Eso sí que es una superhumillación: Que le tengan que decir a tu hermano pequeño que tenga cuidado para no hacerte daño. Pero el Imbécil estaba poseído y daba patadas con gritos japoneses incluidos. En una de esas patadas mortales, la punta del pie se fue contra la figura que tiene mi madre de las Casas Colgadas de Cuenca. Las Casas Colgadas se cayeron al suelo. Mi madre entró en el salón y nosotros bajamos la cabeza hacia el suelo (mi abuelo también). Yo ya sentía el calentón de la colleja en mi nuca, pero milagrosamente, no hubo collejas. Sólo una voz que decía:

—Los kimonos. Dadme los kimonos.

Nos hizo entregarle los kimonos allí mismo. No le importó que nos quedáramos en calzoncillos.

—Se acabaron los kimonos.

—Si quieres, yo también me lo quito —dijo mi abuelo.

—No te hagas el gracioso, papá, que tiene muy poca gracia.

Estuvimos lo menos media hora supercortados, sentados en el sofá, en calzoncillos y abrazados al abuelo auténtico japonés. Sabíamos que en el fondo habíamos tenido mucha suerte porque la bronca de mi madre podía haber sido mortal, así que era mejor no meterse en líos durante un rato. Pero después de esa media hora nos empezamos a animar otra vez, porque acuérdate que somos de esos niños que tropiezan siempre con la misma piedra. Empezamos a reírnos bajito porque el Imbécil se tiró uno de sus pedos musicales. La melodía que sonó fue *Noche de Paz*. Le he dicho muchas veces que me enseñe a hacerlo, así podríamos montar un número musical entre los dos para final de curso (no sé por qué pero casi siempre le salen villancicos), pero él me dice:

—No, los pedos musicales son del nene.

Yo creo que en realidad es que no sabe cómo lo hace, que se trata de una cualidad congénita, porque a mi padre se le escapó uno un día que íbamos en el camión y sonó el himno de los Mundiales, te lo juro. Mi madre le miró con cara de odio contenido:

—Anda que, hijo mío, cómo se nota que siempre estás pensando en lo mismo.

Bueno, pues a lo que iba, que con el pedo musical del Imbécil nos empezamos a reír en voz baja para que no nos oyera mi madre; pero nos quedamos alucinados porque mi madre vino al salón con la mejor de las sonrisas y con las Casas Colgadas completamente reconstruidas.

—Ya está.

—Ahora dale los kimonos al nene y a Manolito —le pidió el Imbécil que es mucho más valiente que yo, la verdad.

—No hay kimono ni kimona. Me voy a la calle y no me fío de vosotros ni un pelo. Ya veré cuándo os los devuelvo.

—Mujer —le dijo mi abu—, si no van a hacer nada y si hacen algo les pego dos tortas.

A nosotros nos entró la risa porque mi abuelo no nos ha dado dos tortas en su vida. Hay veces que le hemos dejado que lo intentara pero no le sale. Mi madre le ha intentado enseñar a pegar collejas para cuando no estuviera ella, pero tampoco.

Mi madre nos había dicho que nos vistiéramos pero al Imbécil y a mí nos encanta estar en calzoncillos a media tarde. Entonces fue cuando el Imbécil hinchó los mofletes y enseñando los dientes dijo:

—¿Quién es el nene?

Mi abuelo y yo nos lo quedamos mirando sin entender.

—El nene es el luchador de Sumo de la Luisa.

Es verdad, se parecía cantidad. Ya no nos hacían falta los kimonos: Los luchadores de Sumo iban en calzoncillos. Le quitamos a mi abuelo los cordones de los zapatos para ponernos una cinta en la frente como llevan los auténticos luchadores, y nos colocamos en posición de ataque: El Imbécil enseñaba los dientes y yo me mordía el labio de abajo. Nos mirábamos fijamente con furia y en posición de ataque, muy muy quietos porque como estábamos copiando a dos figuras de cerámica no sabíamos lo que hacer después.

—¿Y ahora qué se hace abuelo? —le pregunté yo.

Mi abuelo se estaba empezando a quedar dormido y dijo mascando la saliva y con los ojos ya cerrados:

—No sé, en Mota del Cuervo nunca jugábamos al Sumo, pero supongo que será a pelear revolcándose, pegándose patadas, yo qué sé...

El Imbécil no le dejó acabar la frase; antes casi de que yo me diera cuenta se había tirado encima de mí y nos habíamos caído al suelo.

—Pero no seas burro, niño.

Ésos son los juegos que a él le gustan: Los de pegarse y, cuando se emociona, se pasa mucho, te araña y te quiere morder y tirar del pelo. Me costaba mucho trabajo quitármelo de encima porque era como un gato gordo que se me hubiera enganchado.

—¡Abuelo, quítamelo, abuelo!

Pero mi abuelo ya estaba dormido, soplando como si estuviera hinchando un globo.

—¡Ésas no son las reglas, niño, eso no vale!

No tuve más remedio que hacerle unas cuantas cosquillas en sitios estratégicos para dejarle sin fuerzas y que se dejara caer como un muerto al suelo.

—Como vuelvas a hacer trampa, niño, no juego contigo. ¿Vas a hacer trampa sí o no?

Dijo que sí con la boca y que no con la cabeza, pero a eso no hay que darle demasiada importancia, lo hace por despistar.

—No se tira uno encima del otro luchador para morderlo, ni para arañarlo. Las patadas se dan al aire. No se empuja al otro luchador, no se tira del pelo, no se dan tortas ni puñetazos.

—Vale —dijo el Imbécil.

Resultó que yo había prohibido tantas cosas que nos quedamos un rato en posición de ataque sin saber qué hacer.

—Patadas al aire, ¿sí valen? —preguntó el Imbécil.

—Sí.

Fue una sola patada, una patada de su pierna corta que le dio al mando a distancia que había encima de la mesa. El mando a distancia salió por los aires y fue a parar a la cara de mi abuelo. Mi abuelo se llevó la mano a la cara y dijo:

—Ya me habéis matado, ya habéis matado a vuestro abuelo.

Al principio pensamos que era de broma y nos echamos a reír, nos reímos bien a gusto un rato porque el Imbécil volvía a representar cómo había dado con el pie al mando a distancia que estaba en la mesa y cómo el mando había salido volando. Se nos fue pasando la risa cuando vimos que mi pobre abu se retiró la mano de la cara y le corría por la frente un hilillo de sangre. Nos acercamos muy lentamente. El Imbécil se sentó encima de él y empezó a llorar, le decía:

—El nene no quería matar al abu.

Mi abuelo se levantó y fue como borracho al váter. Nosotros le seguimos. Se miró al espejo. Se le estaba haciendo un chichón muy grande y por una parte del chichón le seguía saliendo sangre. No nos decía nada, ni tan siquiera al Imbécil, que le seguía diciendo que él no quería matarlo. El Imbécil es que se cree que morirse es así, porque como mi madre siempre le está diciendo que no llore por los de las películas porque después de morirse luego se van a su casa a cenar tan frescos, ahora él piensa que morirse es quedarse un rato quieto, como se había quedado mi abuelo, y luego irte al ambulatorio.

Al ambulatorio nos fuimos, a que le viera el doctor Morales el chichonazo sangrante. Íbamos andando muy despacio porque el abuelo estaba un poco colgado. El señor Ezequiel, el dueño del Tropezón, se asomó un momento a la puerta y le gritó a mi abuelo:

—¿Qué le pasa, Nicolás, que arrastra los pies?

Y el Imbécil, todavía medio llorando, le contestó también a gritos:

—Porque se ha muerto.

—Pues que pase y que se tome un vino a ver si revive.

Mi abuelo dijo que no con la cabeza y siguió andando.

—No quiere porque se ha muerto —gritó el Imbécil.

—Pues nada, ya sabéis que en Carabanchel Bajo está el cementerio.

El señor Ezequiel no vio lo que mi abuelo llevaba en la frente. Y yo tampoco se lo quise decir porque no quería que se enterara nadie y menos mi madre, porque cuando viera mi madre lo del chichón, se iba a poner hecha una hie-

83

dra y me echaría las culpas a mí aunque el que hubiera matado al abuelo hubiera sido el Imbécil.

Fue allí sentados en la sala de espera del doctor Morales cuando nos dimos cuenta de que al abuelo se le había olvidado quitarse el kimono y estaba allí con la mano en la frente, la mirada en el más allá y el kimono amarillo encima de la ropa. El abuelo de Yihad, el señor Faustino, se acercó al mío y le preguntó:

—Nicolás, ¿qué te ha pasado?

—Que me han tirado éstos el mando a distancia a la cabeza.

—No —dije yo—, ha sido el Imbécil.

Había que dejar las cosas claras desde el principio.

—El nene no quería matarlo.

—Que sí, hijo, que sí, pero callaos ya.

A mi abuelo le debía de doler cantidad porque él nunca dice las cosas de esa manera. El señor Faustino me cogió a un aparte y me preguntó si mi abuelo había perdido la cabeza con el golpe. Yo le dije que no creía. Entonces el señor Faustino me dijo que por qué había venido al ambulatorio con un kimono puesto, y yo le dije que era mi madre la que le obligaba a llevar kimono.

El doctor Morales le tuvo que dar dos puntos a mi abuelo en la frente y él no lloró nada de nada, pero nosotros sí porque es nuestro abuelo. Le dio también una pastilla para que se le pasara el mareo y a nosotros nos dio la charla y nos dijo que a los abuelos no se les tiran los mandos a distancia a la cabeza. El Imbécil le preguntó al doctor Morales si con

esa pastilla el abuelo iba a resucitar del todo y el doctor Morales dijo que sí, que esperara un poco y ya vería qué abuelo más resucitado iba a tener. Mi abuelo fue dejando de tener cara de muerto, se quitó el kimono y volvimos a casa. Por el camino nos dijo que aunque era verdad que mi madre siempre estaba regañando también era verdad que nosotros éramos unos niños que a veces nos pasábamos de rosca. Se quiso quedar solo en el bar y nos mandó para arriba con el kimono. Cuando llegamos a casa nos encontramos a la Luisa y el Imbécil le dijo que el abuelo se había muerto pero que ya estaba mucho mejor. La Luisa se quedó con los ojos a cuadros y subió detrás de nosotros. El Imbécil siempre tiene que irse de la lengua así que volvió a contarle a mi madre lo del chichón, a su manera, claro:

—Manolito y el nene han matado al abu con el mando a distancia.

—¿Pero qué dice tu hermano, Manolito?

—Aquí —dijo el Imbécil señalando una manchita de sangre que había en la mesa donde mi abuelo se había apoyado—, aquí lo hemos matado.

—No lo hemos matado, mentira podrida, lo has matado tú solo, que al final todas las culpas me las llevo yo.

Mi madre me sacudió tanto que las gafas se me bajaron hasta la punta de la nariz:

—¿Qué le habéis hecho al pobre abuelo? ¿Dónde está mi papá?

—Ahora está en el Tropezón —le dije yo intentando soltarme.

—Con la pastilla del doctor Morales ha resucitado el abu —dijo el Imbécil—. Pero el señor Ezequiel dice que luego a dormir al cementerio.

Mi madre no preguntó más, echó a correr escaleras abajo y nosotros detrás de ella y la Luisa y la Boni. Llegamos al Tropezón. El abu se había bebido dos vinos y daba mucha pena con la venda puesta en la frente.

—Papá, ¿qué te han hecho estos inhumanos?

—Nada, Cata, el susto y nada más. Les pedí el mando a distancia y me lo tiraron un poco fuerte.

—Pero qué bestias —dijo mi madre mirándonos.

—En esa casa todo el mundo se tira el mando a distancia. No somos de esos que se dan las cosas en la mano.

—Tú encima defiéndelos —decía mi madre enseñando los dientes como la Boni—. ¿Cuál ha sido?

—No lo sé, Cata, no lo sé, de verdad, porque estaba dormido.

—¿Y si estabas dormido cómo es que les has pedido el mando a distancia?

Así es mi madre, como esos policías de las películas que hacen temblar a los acusados.

—Lo habré dicho en sueños.

—Dios mío, qué hombre más tonto —entonces se volvió a nosotros—. Lo voy a preguntar sólo una vez más: ¿Quién ha sido?

No te lo vas a creer, yo tampoco me creía lo que veían mis gafas. Yo señalé al Imbécil, al fin y al cabo, era un chivato pero tenía mis razones, pero ¡el Imbécil me señaló a mí!

—Muy bien —dijo mi madre—, mañana es sábado. Os quedaréis en casa castigados sin salir.

—Me había invitado la madre del Orejones a ir a su casa con el kimono —le dije yo.

—Si me dices de verdad quién ha sido te dejo ir a casa de tu amigo.

Entonces pensé qué me convenía más, si echarme las culpas o poder ir a cenar y a dormir a casa del Ore. Tardé treinta segundos en contestar. Todos me miraban y se mascaba la tensión ambiental. Bajé la cabeza como el típico niño arrepentido y dije:

—He sido yo y lo hice sin querer.

El muy traidor del Imbécil se puso a reír y mi madre dijo con una sonrisa:

—Lo sabía, si yo lo sabía.

—Bueno, pues ya está, dejemos el tema —dijo mi abuelo.

Aquella noche mi madre curó al abuelo la herida porque le salía un líquido infeccioso y le llevamos el soperío a la cama. Yo me acosté a su lado para leerle un SuperLópez, como él hace cuando yo me pongo malo. Entonces, mi madre me dijo:

—Ahora bien que lo quieres. No te debería dejar que fueras a casa del Orejones mañana.

—Ya me ha pedido perdón, déjale en paz.

Mi madre se acostó y el Imbécil se escapó de su cuna gigantesca, como hace algunas noches, para venirse con nosotros. Se acostó al otro lado de mi abuelo.

—Abuelo, ¿no duermes en el cementerio? —le preguntó.

—Todavía no.

—Mañana tampoco —dijo el Imbécil tocando con el chupete el esparadrapo de la herida.

—Mañana tampoco.

—Abuelo —dije yo—, es un mentiroso de mentiras podridas. Fue él el que te dio, le pegó una patada al mando a distancia y el mando saltó contra tu frente.

El Imbécil se levantó y dijo:

—Le di así —y alzó una de sus piernas de luchador de Sumo para hacernos una demostración.

—Haberlo dicho delante de mamá, listo.

—Déjalo, Manolito, que es muy pequeño...

—Es muy pequeño, es muy pequeño, siempre estáis con lo mismo.

—Al fin y al cabo tú te vas mañana a dormir a casa del Orejones.

El Imbécil que seguía de pie, haciéndonos la demostración de su patada de Sumo a oscuras, se echó encima de nosotros para decir que no quería que yo me fuera a dormir a casa de nadie, que no quería que fuera a casa del Ore. Siempre pasa igual, el Imbécil siempre monta el número cuando yo me voy a dormir a casa de algún amigo.

—El nene se quedará mañana con el abuelo aquí toda la noche, ¿vale? —le dijo mi abuelo para que no se fuera a coger una de sus perras nocturnas.

—¿Y por qué se tiene que quedar contigo cuando yo me voy? Él tiene su cama.

—Nunca estáis contentos con nada. Dejadme que cierre los ojos y duerma tranquilo. Y no me tiréis nada a la cabeza, por favor.

Mi abuelo se durmió y el Imbécil y yo tardamos mucho en dormirnos. La habitación estaba a oscuras y nosotros en silencio, pero yo veía el perfil del Imbécil que estaba tocando sin parar el asa del chupete, como hace siempre que algo le preocupa muchísimo. La sombra del Imbécil se reflejaba en la pared, la sombra de la cabeza era gordísima. Ahora sí que parecía un luchador de Sumo. No era verdad lo que decía mi abuelo, no era verdad que nunca estuviéramos contentos, pero sí que tenía razón en que muchas veces yo quería ser el Imbécil y el Imbécil quería ser Manolito.

A partir de ese día mi madre sólo nos deja ponernos el kimono para salir a recibir a mi padre los viernes y cuando viene alguien a casa, para que la gente nos vea y diga "Pero qué ricos", y mi madre pueda decir por lo bajo "Porque no los conoces".

Eso que dice la Luisa de que "el hábito hace al monje" en mi casa no funciona. Los kimonos no nos han cambiado nada ni nos han dado paz oriental. No sólo al Imbécil y a mí nos entran ganas de pelearnos, también a mis padres, aunque no lo reconozcan, pero cada vez que se ponen el kimono acaban discutiendo por cualquier cosa, aunque nunca llegan a las patadas japonesas como nosotros. Menos mal, porque una patada de mi madre dirigida a la Casas Colgadas de Cuenca acabaría con toda la estantería. Tampoco a Cucú y a su mujer les ha servido de mucho llevar kimono, día sí y día no vienen con el kimono puesto a protestar porque estamos gritando o porque nos reímos muy alto.

—¡Y qué le voy a hacer yo —dice mi madre— si esta casa tiene las paredes de papel!

Dice mi madre que de nada sirve ponerse kimonos japoneses para conseguir la paz oriental si vivimos apretados como los chinos.

Mi abuelo es el único al que le sienta bien ponerse el kimono. Nada más llegar a casa se lo pone encima de lo que lleve, encima del chándal o de la chaqueta de los domingos, también se lo pone para dormir. Mi madre dice:

—Anda que la perra que le ha entrado a mi papá con el kimono.

No hay quien la entienda, primero se empeña en que se lo ponga y ahora le molesta que no se lo quite. A veces el Imbécil se acuerda de la tarde en que mi abuelo se murió y lo llevábamos entre los dos al cementerio. Él sigue creyendo que el abuelo ha resucitado por la pastilla que le dio el doctor Morales. Se sienta a su lado por las noches y le acaricia el kimono y le dice:

—Abu, éste es el traje que llevabas cuando te moriste porque Manolito te mató.

—No, no, no, listo, le mataste tú.

El Imbécil se acuerda siempre de todo menos de lo que no le interesa. La noche en que mi abuelo resucitó, los dos dormimos a su lado. Estábamos muy contentos de tener un abuelo resucitado. Nos dormimos muy, muy tarde, por un lado, por los celos que nos teníamos el uno al otro, pero también porque le estábamos cuidando. De vez en cuando le tocábamos el chichón de la frente y mi abuelo daba un respingo desde su sueño.

—Le sigue doliendo —decía el Imbécil dándole con el chupete.

Nos abrazamos los dos a él, aunque nos lo tuvimos que repartir por el centro, para no pelearnos. Mi abu estaba muy suave con el kimono. A veces parecía que no podía respirar porque lo teníamos un poco aprisionado, pero ninguno de los dos pensábamos quitarnos. Y no nos quitamos. Así en la oscuridad, con el chichón en la frente mi abuelo se parecía al hombre elefante. La paz oriental debía de ser eso: Dormir con un abuelo recién resucitado.

TERCERA PARTE:

EL ZORRO DE LA MALVARROSA

Mi padre me dijo que mi historia de la Semana del Japón en Carabanchel Alto había durado cien kilómetros y que conmigo no había quien se aburriera.

—Pues mamá siempre me dice que se aburre de escucharme todo el día.

—Porque mamá no sabe lo que es bueno.

Me puse tan gordo por lo que me acababa de decir mi padre que hasta se me desabrocharon los pantalones de lo que engordé en tres milésimas de segundo. Mi padre paró delante de un almacén para empezar a cargar su material. Le pregunté qué material era el que llevábamos y me dijo que era un cargamento secreto. Había un montón de hombres cargando camiones y luego se pusieron a cargar el de mi padre, nuestro camión *Manolito*. Uno de los que cargaban era Marcial, que se había quedado en camiseta y llevaba unos tatuajes terroríficos en el brazo. Marcial se echó a reír cuando vio que yo le miraba los tatuajes y me dijo:

—¿Ves éste de la calavera ardiendo en el infierno? Lo llevo desde que tenía tu edad. Me lo hice con el filo de una navaja. Si quieres te hago uno.

Eché a correr hasta donde estaba mi padre y le cogí la mano. El dueño del almacén le dio un paquete muy grande.

—Éste es el paquete que me pediste.

—¿Qué es el paquete, papá? —le pregunté yo.

—Pues es... —empezó a decir el señor del almacén.

No sé por qué pero me pareció que mi padre le hacía una seña al encargado, pero es algo a lo que el Imbécil y yo estamos acostumbrados, a que de repente mi madre y él se hagan señas secretas delante de nosotros. El encargado se quedó callado.

—¿Qué hay en el paquete? —le volví a decir a mi padre.

Mi padre me dijo que lo del cargamento secreto había sido una broma tonta, que íbamos a llevar en el camión lo que él lleva siempre: Cosas de limpieza para los Prycas.

—Y este paquete es para tu madre —dijo el encargado con una sonrisa.

Miré a mi padre y le dije que era mejor que no le llevara nada a mi madre porque mi madre estaba muy harta de que sólo le llevara, después de una semana de estar fuera, productos de limpieza, y que hacía poco le había dicho:

—Manolo, no me vuelvas a traer detergente, ¡que te lo tiro a la cara!

Además el detergente no nos cabe ya en la cocina, y lo tenemos que poner en el mueble-bar, y el Imbécil, que tiene que meter su chupete en todas partes, no distingue entre un azucarero y un paquete de jabón, él mete su chupete donde sea con tal de que salga lleno de algo. Y le dije a mi padre que se acordara de que no hacía ni dos fines de semana que estábamos viendo todos tan tranquilos un capítulo de *Expediente X*, y mi madre le dijo a mi padre tocándole el brazo y con cara de terror:

—¡Manolo, mira, Dios mío!

Y todos volvimos la cara hacia el mueble-bar, que era donde señalaba mi madre, y nos quedamos con los ojos a cuadros porque el rincón del mueble-bar estaba en penumbra pero podíamos ver que de atrás del mostrador salían unas pompas enormes, una y otra y otra. Como en mi casa no hay ni un solo miembro que se distinga por su gran valentía, nos quedamos todos en el sitio viendo cómo salían las pompas y un *chupchup* misterioso sin identificar. De repente, mi abuelo cayó en la cuenta de que el Imbécil no estaba entre nosotros. Yo dije que había visto una película de *Polstergeit* y que se abrían agujeros paranormales en el suelo de las casas y que se tragaban a los niños. Mi madre me dio una colleja y me dijo:

—Eso no lo digas ni en broma.

Ella no se olvida de las tradiciones aunque esté asistiendo a fenómenos paranormales, y una de sus tradiciones es la Colleja al Bies, que es la colleja que te da de lado mientras está pendiente de otra cosa.

Mi padre se armó de valor, dio la luz del rincón y se fue detrás del mueble-bar. Desde el fondo del mostrador se oyó la voz del Imbécil, bueno, una voz parecida a la voz del Imbécil, pero mucho más pastosa, como si estuviera hablando desde dentro de la lavadora.

—Al nene no le gusta.

Allí lo pillamos al Niño-*Polstergeit*, con todo el armario del mueble-bar abierto, con uno de los paquetes de detergente roto por un lado, y a él mojando la puntita del chupete para luego pegarle un lametazo. Echaba espuma y burbujas por la boca, como dice Yihad que hacía la niña endemoniada de *El exorcista*. Mi madre le llevó corriendo al cuarto de baño para lavarle la lengua hasta el fondo y le debió de limpiar hasta la campanilla porque el Imbécil hacía unos ruidos muy extraños, como si llorara con la barriga. Si hubiera sido yo el Niño-*Polstergeit* me hubiera llevado una buena bronca pero como fue el Imbécil, la bronca se la llevó mi padre. Fue entonces cuando mi madre le dijo:

—Manolo, no me vuelvas a traer detergente, que te lo tiro a la cara. Es que no ves que tus hijos se lo comen.

Desde que mi padre hace portes de detergente, mi casa está llena por todas partes. Mi madre ya no sabe dónde meterlo. Una vez metió una de las cajas en uno de los botes Molico de mi abuelo y se olvidó de retirarlo del armario de la cocina, y al darle mi abuelo vueltas a su soperío de por las noches (soperío=leche con galletas machacadas), el soperío empezó a crecer y se extendió por toda la mesa. Mi abuelo le dijo a mi madre:

—Hija mía, dime la verdad, ¿no será que quieres acabar conmigo?

A nosotros no nos hace falta ver *Expediente X*, nuestra vida de todos los días es ya un fenómeno paranormal.

Todas estas cosas se las conté yo al encargado del almacén, y el encargado del almacén me miraba como si yo también fuera un fenómeno paranormal.

—Bueno, cállate, Manolito —dijo mi padre—. Las cosas de casa no le interesan a nadie.

Antes de que nos fuéramos, el encargado me dijo en voz bastante baja:

—¿Tú crees que tu madre le echó a tu abuelo el detergente en la leche Molico a propósito?

—Ella dice que no.

Me iba a seguir preguntando pero mi padre me miró desde la puerta con una mirada de esas que te paralizan a distancia, así que yo me quedé callado y el encargado se quedó observándome hasta que me fui con unos ojos bastante enigmáticos.

Cuando nos montamos en el camión mi padre me dio la charla y me dijo que a la gente nunca había que contarle nada de lo que pasaba en tu vida o en tu casa.

—¿Entonces tú quieres que no hable? —le dije yo.

Y mi padre me dijo que no, que tenía que aprender a hablar sin contar nada importante. Y yo pensé que a mí lo del Imbécil comiendo jabón no me parecía tan importante, ni tampoco lo de mi madre echando detergente en los botes de mi abuelo, a mí eso me parecía una tontería. Me parecía importante que la gente no supiera que hay un chulo en mi clase (Yihad) que ya me ha roto las gafas dos veces, y que encima desde entonces quiero ser su amigo para que no me las vuelva a romper; me parecía importante que nadie supiera que un día robé en la panadería de la Porfiria, pero que ya no soy un ladrón y estoy reinsertado de verdad en la sociedad (no como el hermano de Yihad que se reinserta lo menos seis veces al año); me parecía importante que mi madre no supiera que Melody Martínez ha decidido por su cuenta que es mi novia, y que yo no me atrevo a llevarle la contraria, porque además eso a Melody no le importa, lo que yo piense no le importa. A mi madre le parece bien que seamos amigos pero nada más. Nos vio un día en el Parque del Ahorcado, un día que Melody Martínez no hacía más que cogerme de la mano y darme un besito por aquí y otro por allá, que me estaba poniendo de los nervios, y cuando volví a casa, mi madre me decía:

—Que sois amigos, muy bien, estupendo, pero de besitos nada, que los padres de Melody están en la cárcel.

—Pero mujer —le decía mi abuelo—, si sólo tienen diez años.

—Así se empieza. Y me veo en la boda de éste y con mis consuegros pidiendo un permiso especial para acudir a la ceremonia.

A mi me da igual que mis suegros estén o no en la cárcel, yo lo que no quiero es tener suegros, ni ahora ni nunca. Cuando cumpla por fin la edad penal me iré con mi abuelo a vivir a una residencia, no me importa que sea de ancianos.

Mi abuelo dice que va a pedir permiso a las autoridades para poderse llevar al nieto (yo).

Después de descargar no sé cuántos paquetes en no sé cuántos sitios, paramos por fin en el campo para comernos la tortilla de patatas de mi madre. Hice un agujerito en el papel de plata y metí la nariz para oler la tortilla. Me tapé el otro agujero de la nariz para que me entrara el olor hasta bien dentro. Casi me caigo para atrás del gusto. En ese momento tuve mucho cariño a mi madre. Para que veas que hay momentos en que nos queremos bastante. Nos sentamos en dos piedras y yo le dije a mi padre:

—¿A que no sabes cuál es el trabajo que NO quiero tener nunca en mi vida?

—Pues no sé.

—Caliente, caliente, que casi te quema, que te quema, que te fríes.

—Dímelo, venga.

—Camionero —se lo dije sin mala intención, pero yo creo que a mi padre no le hizo mucha gracia.

—Pues es el trabajo de tu padre.

—Ya, pero es que yo no quiero trabajar tanto como tú; yo quiero ser director de algo, tener una oficina en Torre Picasso, que es donde limpia la madre del Mostaza y dice que mola un despacho en el piso 25.

—Pues tendrás que estudiar mucho para no ser camionero.

—Ése es el lado malo.

—Y tendrás que vender el camión *Manolito*, porque ya no te hará falta.

—¡No, eso no, iré todos los días a la Torre Picasso montado en el camión *Manolito!* Lo que haré es que viviré en el camión, me pondré dentro un salón con todo y con parabólica y con una bañera de burbujas. Como tendré mucho dinero porque no voy a ser camionero...

No sé muy bien por qué pero me pareció que mi padre se quedaba un poco triste, así que abrí mi mochila y le dije que no se comiera todavía el bocadillo, que tenía que darle en la cara y en los brazos Protección 18 que me había dado mi madre para el viaje.

—Si no me hace falta, no me pongas eso, que son cosas de tu madre.

Y yo le dije que sí que le hacía falta porque había visto en un documental que había un conductor al que le habían atacado los rayos que venían del mismo agujero de la capa de ozono, le habían dado en el brazo que llevaba fuera de la ventanilla y que casi, casi le entra un cáncer.

—Así que, quieras o no, te voy a dar en ese brazo protección 18, y yo me voy a dar en éste, que es el que yo llevo por fuera de la ventanilla.

Dejamos nuestros bocadillos, que estaban a la mitad, en una de las piedras, y yo le empecé a poner crema a mi padre. Se volvió a poner otra vez contento porque le dije además que en este viaje no le iba atacar el rayo asesino del agujero de la capa de ozono, porque yo siempre le iba a estar dando con la crema porque era su camionero-copiloto.

—¿No decías que no querías ser camionero?

Y le dije que a lo mejor sí porque me di cuenta de que a él le gustaba que dijera que sí. Me pasé no sé cuánto tiempo poniéndole crema, y luego él me puso a mí la Protección 18. Pero, cuando acabamos de luchar con los rayos asesinos, un ejército de cien mil hormigas se había apoderado de nuestros bocadillos. Mi padre dijo "Ay, Dios mío" y sin decir nada más me ayudó a montarme en el camión.

—Yo tengo mucha hambre —le dije.

—Si eres capaz de aguantar un poco más te voy a llevar a un sitio donde nos vamos a poner las botas.

El sitio se llamaba "El Chohuí" y llegamos al final de la tarde, después de que mi padre fuera descargando su cargamento secreto en no sé cuántos hípers y yo me aburriera tanto que hasta eché de menos al Imbécil. Todo niño tiene sus momentos bajos.

El sitio se llamaba "El Chohuí" porque a la dueña, que era amiga de mi padre, le gustaba una canción que decía "Chohuí, Chohuí, Chohuí", y no me acuerdo más de la letra. La dueña se llamaba Alicia, y era una mujer rubia y que me dijo que tenía muchas ganas de conocerme porque mi padre le había contado muchas cosas de mí. Cuando la mujer rubia se fue a atender a otro señor del bar, yo le pregunté a mi padre que qué le había contado, que si le había contado que Yihad me había roto las gafas dos veces y que en el Belén Viviente del colegio sólo he sido un año Árbol y al año siguiente Oveja, pero nunca persona.

—Que no le he contado nada importante, pesado, sólo le he dicho que eres muy simpático y esas cosas...

La mujer rubia me dijo que si me gustaban las salchichas y yo le dije que de qué marca. Mi padre dijo qué pregunta era ésa. Y la mujer rubia dijo que eran mucho mejor que las de marca porque eran auténticas de pueblo. Y yo le dije a la mujer rubia que a mí me gustaban las que hacía mi madre, que eran de la marca "Día". La mujer rubia se echó a reír y me dijo que le diera la oportunidad de enseñarme lo ricas que estaban sus salchichas. Cuando se fue a prepararlas mi padre me dio otra charla, me dijo que no tenía por qué pensar que lo que comía o hacía en mi casa era lo mejor del mundo, que tenía que ser un niño abierto y no un niño cateto. Era la segunda vez en mi vida que me llamaba cateto. Era duro para mí, y eso que no sabía lo que significaba.

Voy a confesarte que cuando vi las salchichas tuve que tragar saliva porque tenían forma de salchichas pero estaban llenas de tropezones por dentro, y las de mi madre son lisas y superperfectas, pero como mi padre y la mujer rubia estaban que no me quitaban ojo me metí el primer bocado. Pensé en tragármelo a lo bestia, todo de golpe, como las pastillazas que toma mi abuelo para la próstata, pero cuando ya tenía el trozo casi en el tubo de escape hacia el estómago, la boca se me llenó de un regusto que la tuve un rato en la lengua y la chupé como un caramelo.

Me comí ocho. Mi padre me decía: "A ver si ahora te vas a poner malo, que tú o te pasas o no llegas". La mujer rubia se reía, de pie, al lado de nuestra mesa, y se le movía con la risa un escote muy grande que subía y bajaba. Por la tele empezaron a echar un reportaje real de unos matrimonios que se hacían ellos mismos en su casa películas no autorizadas (esas que llama el Imbécil "de culitos", y que la Luisa tiene escondidas) y luego las vendían. Todo el mundo cenaba mientras veía el programa pero, cuando el presentador dijo: "¿Nos pueden enseñar cómo lo hacen?", la mujer rubia se sacó el mando a distancia del delantal que llevaba y apagó la tele. Todo el mundo empezó a protestar, pero ella dijo que estando un niño delante no se podían ver esas cosas. Dos señores que conocían a mi padre, porque le llamaron por su nombre, le dijeron sin cortarse que por qué no acababa de una vez el niño ese con las salchichas y se iba a dormir, pero la mujer rubia dijo que, para una noche que tenía un niño en su comedor, no iba a echarlo y que ya podían ir callándose. Creo que casi todos me miraron con un poco de odio, sobre todo porque yo todavía me comí otras dos salchichas y luego unas natillas que tampoco eran de marca, eran natillas de la mujer rubia y tenían una galleta redonda encima que se llamaba "María". Se tuvieron que fastidiar porque tardé la tira de tiempo en acabar. Me llenaba la cuchara de natillas y luego la tenía en la boca quince segundos (lo estaba viendo en mi reloj). En cuanto acabé y me levanté, uno de ellos dijo: "Venga, Alicia, que ya se va". Mi padre cerró la puerta del comedor y se oyó la televisión otra vez.

—¿A que les he caído fatal?

—Que no, tonto, es que son así con todo el mundo.

Se había hecho de noche y salimos a por mi mochila al camión. El campo se veía todo oscuro y "El Chohuí" estaba de lo más misterioso con sus letras que se encendían y se apagaban. Primero se encendía CHO y luego al rato se encendía HUÍ, y al lado del HUÍ había un pájaro que cantaba subido en una palmera. Le dije a mi padre que si estábamos en un hotel de lujo y se echó a reír y me dijo:

—¿A ti qué te parece?

Y yo miré las letras del CHO y luego del HUÍ y el pájaro subido a la palmera y le dije que sí, que estábamos en un hotel de lujo. Le di un beso en el lomo al camión *Manolito* antes de irme a la cama y le dije que si me necesitaba que encendiera y apagara las luces.

La habitación tenía dos camas y encima tenía un cuarto de baño para nosotros. Yo pensé que el cuarto de baño estaría en el pasillo, como en todas las casas de Carabanchel (Alto). Y encima nos habían puesto bolsitas de champú y de jabón para nosotros solos.

—¿Y no pasará ningún hombre al váter a mitad de la noche?

—Esto es para nosotros solos.

Las camas estaban superperfectas hechas, sólo tenían algún roto en la colcha que tenías que fijarte mucho para notarlo. Le dije a mi padre que si podía llamar a casa, porque tenía muchas ganas de que el Imbécil se muriera de envidia. Fue el propio Imbécil el que descolgó el teléfono porque llevaba esperando lo menos dos horas a que llamáramos. El Imbécil y yo nunca nos hemos separado, así que cuando le dije

para hacerle un poco de rabiar que a lo mejor no volvía nunca porque me gustaba vivir en un hotel de lujo, el Imbécil soltó el teléfono y se tiró al suelo y se puso a aullar como sólo él sabe hacerlo. Oí que mi madre recogía el teléfono y me dijo:

—¿Pero es que ni estando lejos vas a dejar de meterte con tu hermano chico?

Casi todo el tiempo se lo pasó consolando al Imbécil, y luego me tuve que poner yo para decir que sí, que iba a volver y que sólo le había querido hacer una bromita entre hermanos. Mi abuelo y mi madre me hicieron contarle todo, que cómo era la habitación, que si me había mareado. Mi padre estaba al lado y cuando no quería que contara una cosa me ponía un dedo en la boca y me decía que contara otra. Me cortó cuando iba a empezar a contarle a mi madre lo de sus bocadillos de tortilla, y tampoco quiso que le empezara a contar las cosas que me había preparado Alicia, la mujer rubia. Sí que me dejó contar que en la habitación había un cuadro encima de mi cama de unos ciervos que parecía que iban a salir corriendo hacia el váter, era un cuadro superrealista, y me dejó contar que no teníamos ni que salir de la habitación si nos entraban ganas de mear a medianoche.

—Eso es lo que le vendría bien al Imbécil: Un váter en la misma habitación, a lo mejor así le resultaba más fácil no mearse en la cama.

Mi madre me dijo que como idea estaba bien pero que el único sitio un poco libre que había en mi casa para poner el váter era el mueble-bar. Me dijo que teníamos que acostarnos pronto y que no me separara de mi padre ni un momento. Antes de colgar el teléfono me dio lo menos diez besos que se me metieron en todo el oído interno. Hay cariños que matan.

Por mí me hubiera acostado con la misma ropa que llevaba pero mi padre dice siempre que no es lo mismo un camionero limpio que un camionero guarro, y también me dijo que aunque me diera pereza me tenía que duchar porque si no la habitación por la mañana olería a choto.

Mi padre me dijo "venga, desnúdate", y yo me fui al baño y fui a cerrar la puerta, pero él dijo que allí no era necesario, que nadie nos podía ver, que era nuestro propio cuarto de baño. Todo el mundo sabe en mi casa que desde el año pasado yo no quiero que nadie me vea en casa desnudo. Sólo puede entrar el Imbécil, porque por mucha vergüenza que me da que me vean desnudo, mucho más me cuesta renunciar a nuestros clásicos concursos de pedos acuáticos o pedos bañereros (de bañera). Eso mi padre no lo sabe porque no nos ve a diario, y los fines de semana se pide para él sólo el cuarto de baño lo menos dos horas, y deja todo el cuarto lleno de vapor con olor de afeitado que el Imbécil y yo nos tiramos allí sentados, yo en el trono grande, en el váter, y él en el bidé, aspirando el olor hasta que lo gastamos por completo.

Mi padre me volvió a decir "pero, venga, a qué esperas, que te has quedado *pasmao*". Me quité la ropa y cuando ya sólo me quedaban los calzoncillos me metí corriendo en la ducha. Me preguntó que si me ayudaba y le vi acercarse por detrás de la cortina y le dije que no, que no, que no, y sin darme cuenta me puse las dos manos tapándome el pito. Se alejó otra vez diciendo "bueno, bueno". Qué susto. Por un momento, cuando veía la sombra que se me acercaba por detrás de la cortina transparente se me había parecido a un trozo de película que vi una noche de una abuela que le pegaba veinte cuchilladas a una chica rubia que se estaba duchando tan tranquilamente sin meterse con nadie.

Cuando cerré el grifo mi padre me envolvió en la toalla y me sacó de la bañera como hace mi madre con el Imbécil. Me decía de broma "mi niño chico", y lo hacía a posta porque sabía que me daba vergüenza y que también me daba la risa. Me dejó sentado encima de la cama y ahí me quedé pensando que nunca había dormido fuera de mi terraza de aluminio visto o en la cama nido del Orejones López. Mi padre salió al poco rato y desnudo, como si un padre que estuviera desnudo fuera la cosa más normal del mundo. Yo quise mirar para otro sitio pero una fuerza superior y sobrenatural me llevó los ojos hacia un lugar del cuerpo de mi padre, bueno, lo voy a decir más claro, que le miré el pito, y luego levanté un poquillo la toalla para ver el mío, y me entró un mal rollo con la diferencia, que se me debió de notar en la cara porque mi padre me dijo:

—Ya te crecerá, tienes mucho tiempo por delante.

—Pero es que nunca me crece de como está ahora.

—Eso te lo parece a ti.

—De verdad, que lo miro todos los días cuando salgo de la ducha. Bueno, todos los días, no, porque no me ducho todos los días, pero sí día sí, día no.

—Yo a tu edad la tenía todavía más chica.

—Entonces, no se te vería.

—Muy poquillo, y mi padre decía "No te preocupes, ya te crecerá".

Me dijo mi padre que así se lo han ido diciendo los Manolo García de padres a hijos desde las postrimerías del siglo XV. El Orejones lo tiene mucho más grande que yo y es que él dice que el largo del pito está relacionado con el tamaño de las orejas. Yihad dice que eso es una tontería porque él tiene las orejas superchicas y, sin embargo, dice que tiene el pito bastante grande, aunque ninguno de nosotros se lo hemos visto. Cuando le operaron de fimosis en el Hospital del Niño Jesús fuimos el Orejones y yo a verle y nos dijo que le habían quitado un cacho así (y se señaló casi medio dedo) y que no le importaba porque el médico había dicho que tenía de sobra. Se lo contamos a mi abuelo en el autobús de vuelta a Carabanchel y mi abuelo dijo "dime de qué presumes y te diré de qué careces". Entonces el Orejones que no se corta ni un pelo le contó a mi abuelo su teoría de las orejas y le preguntó:

—¿Y el suyo es grande o es pequeño?

—Pues...

—Las orejas las tiene bastante grandes —dijo el Ore y los dos le miramos sus dos orejas monstruosas.

—En mi caso se rompe la teoría —dijo mi abuelo pensándose un rato la contestación—. No creo que tenga mucha relación el tamaño de las orejas con...

Dos señoras que iban en los asientos de delante se volvieron para ver cómo mi abuelo acababa la frase. Es la primera vez que he visto ponerse a un abuelo rojo como un tomate. Fue bastante impresionante porque mi abuelo siempre es de color amarillo.

Las señoras miraban a mi abuelo fijamente y nosotros también. Todo el mundo esperaba su respuesta.

—La verdad es que en estos momentos no consigo acordarme de mi propio tamaño. Es la edad, que no perdona.

Una gran decepción se masticó en el ambiente. Las señoras miraron otra vez para adelante, pero por lo que pude oír siguieron hablando del tema y hablando de narices y de dedos de la mano y de sus maridos. Como verás, no me enteré de mucho.

Después de esa conversación crucial de padre a hijo, mi padre se fue otra vez al cuarto de baño y dejó la puerta medio abierta. Yo me puse el pijama y me metí en aquellas sábanas tan suaves. El dedo gordo se me metió por un agujero de la sábana y sonó *¡ras!,* pero no dije nada, no fuera a ser que en aquel hotel de lujo me echaran a mí las culpas y tuviera mi padre que pagar una sábana nueva.

—¡Papá!

—¿Qué? —me dijo mi padre desde el cuarto de baño.

—¿Te acuerdas de Arturo Román, el que hizo de cordero conmigo en el Belén Viviente de este año, que balaba tan fuerte que a mí no se me oía balar ni tampoco a ninguno de los personajes del Belén Viviente, te acuerdas?

—Sí, sí, el otro corderillo.

—Pues di que Arturo Román al pito no le llama pito.

—¿Ah, no, y cómo le llama?

Me estaba entrando tal risa que no podía decírselo, iba a pronunciar la palabra y me salía una pedorreta o un ronquido.

—Al pito le llama pene, papá, al pito le llama pene.

Sólo de decir la palabra me entraban todavía más ganas de reír. Decía "pene", y me daba la risa, y otra vez "pene", y la risa... No me acuerdo de más, eso fue lo último que dije.

No vi a mi padre salir del cuarto de baño y apagar la luz ni meterse en la cama ni decir buenas noches. En medio de la risa, oyendo a mi padre que también se reía en el cuarto de baño, con mi dedo gordo metido en el agujero de la sábana de aquel hostal de lujo, me quedé dormido. Estaba seguro de que aquélla era la mejor noche de mi vida en el Planeta.

Un ciervo se estaba descolgando del cuadro superrealista, tenía medio cuerpo fuera y estaba a punto de pisarme con una pata la cabeza. Desde mi cama le veía los cuernos tan grandes que parecía que iban a tocar el techo.

—¡Abuelo!

Ese que había gritado era yo, que estaba sentado en la cama, sudando hasta por los cristales de las gafas y a punto de ser el primer niño del mundo con un infarto de miocardio. No sabía dónde estaba. Miré a mi alrededor y me asusté otra vez porque en la pared estaban reflejados los cuernos del ciervo. Pero no, eran sombras que venían de la ventana. Afuera, en la calle, una luz se apagaba y se encendía. Ah, el CHOHUÍ con el pajarillo y la palmera. Miré el cuadro, y los ciervos seguían en su sitio. Ya me iba a dar media vuelta y a dormirme otra vez cuando empecé a ver la habitación con claridad y me di cuenta de que la cama de mi padre estaba vacía, y sin deshacer. Me entró un poco de miedo, la verdad. Yo no soy de esos niños a los que les gusta quedarse solos por la noche en hostales de lujo. Comprobé si alguien había cortado el cable del teléfono. No lo habían cortado, seguía teniendo señal. Dirás que estoy un poco de los nervios, pero es que no me digas que la situación en la que me encontraba no era de película de terror: Un niño en un hostal de una carretera se despierta y está solo, va a llamar por teléfono para pedir auxilio y el teléfono no rula. Ese niño, amigo mío, está en peligro. Lo hemos visto en demasiadas películas.

Me levanté para mirar por la ventana. Quería saber si *Manolito* (el de la ruedas) seguía ahí. Tenía que asegurarme de que mi padre, el hombre que se reía en el cuarto de baño, no se había ido a comprar tabaco y me había abandonado. Menos mal: *Manolito* está aparcado en el mismo sitio, pero debía de necesitarme porque encendió y apagó las luces como yo le había dicho. Me froté las gafas, no fuera a ser que me hubiera metido en otro sueño distinto. No, no era un sueño. Era mi padre que estaba sacando el paquete que le había dado el encargado del almacén. Alicia se acercó hasta el camión y mi padre le entregó el paquete. Luego se fueron andando los dos juntos y se sentaron en un banco. Se ve que mi padre había decidido regalarle el detergente a Alicia por lo bien que se estaba portando conmigo, y porque mi madre ya se lo había dicho: "¡Como me traigas otra vez detergente te lo tiro a la cara!". Al acordarme de mi madre me acordé también de que ella me había insistido mil veces que no podía permitir que mi padre se acostara tarde. Un camionero-copiloto nunca puede dejar pasar una misión que le han encomendado sus superiores, así que me armé de valor, me puse las zapatillas que había colocado mi padre por fuera de la ventana (no por los Reyes Magos sino por el olor) y me fui a buscarle.

El pasillo estaba muy oscuro y las escaleras también. Se oían ronquidos que salían de las habitaciones y yo tenía los pelos de punta del miedo que me estaba entrando. Pensaba que en cualquier momento una mano asesina me podía asaltar por la espalda. Lo único que se veía de vez en cuando eran los ojos de los animales disecados que Alicia tenía de adorno. Algunos colgaban del techo, ésos eran los más terroríficos, había un buitre supercarroñero y un búho que me miraba con los ojos muy abiertos mientras bajaba las escaleras. Por las paredes había otros colocados en estanterías al lado de copas triunfales, sobre todo había ardillas y gatos. Los gatos habían sido de Alicia, me enteré luego por mi padre. Los había querido tanto que había aprendido a disecarlos para tener siempre su vivo retrato. Hace poco me acordé de esto y se lo conté a mi abuelo, como él siempre está con el rollo de que le faltan sólo dos años para morirse y que quiere que esparzamos la mitad de sus cenizas en la puerta del Bar el Tropezón y la otra mitad en el Bar La Pava de Mota del Cuervo, que dice que han sido los dos lugares santos de su vida, yo le dije que a lo mejor le podíamos pedir a Alicia que lo disecara y tenerlo la mitad del año sentado en una mesa del Tropezón y la otra mitad en la Pava. Mi abuelo me dijo que podíamos hacer lo que quisiéramos pero que él prefería quedarse en polvo, que los animales disecados le daban grima porque les ponían los ojos de cristal y parecía que siempre te estaban mirando. Al señor Ezequiel le ha encantado la idea, dice que podría tener mucho tirón comercial, que a lo mejor venía gente de todo el mundo a hacerse fotos con el primer abuelo disecado de la historia. Se lo dijo a mi abuelo: "Nicolás, yo te siento en el rinconcillo, enfrente de la tele, donde a ti te gusta y te pongo un carajillo delante en invierno y un tinto de verano cuando haga calor. Ya verás lo ricamente que vas a estar. Sin embargo, como se pongan tus nietos a esparcirme las cenizas por la puerta, ya sabes que yo por las mañanas barro y lo echo todo para el Parque del Ahorcado, que a mí me gusta tener la entrada como un espejo".

Es verdad que los animales disecados te siguen con los ojos a todas partes porque yo notaba que ninguno de ellos me quitó ojo hasta que no llegué al bar, que estaba a oscuras. Cuando los dejé a mis espaldas me eché la mano a la nuca porque me estaba dando miedo que cualquiera de esas aves carroñeras me saltara a la cabeza y me picoteara el cerebro. Pero aún me faltaba otro susto mayor, cuando abrí la puerta del bar para salir del hostal, me chistaron desde un rincón del porche. Al principio no lo pude ver bien porque estaba oscuro, pero en cuanto se encendió la sílaba

HUÍ, le vi la cara. Era Marcial, que al estar iluminado por el color rojo del HUÍ y el verde del pajarillo y la palmera, era todavía más terrible que con la luz del día. Yo pegué un salto del susto de verle la cara y él me dijo:

—El mundo es un pañuelo, Manolito.

Eché a andar hacia donde estaba mi padre. Detrás de mí oía la voz de Marcial cada vez más lejos: "Deja a tu papá, que está muy tranquilo, déjale vivir...".

Mi padre y Alicia estaban de espaldas así que no me vieron acercarme. Alicia se reía de una cosa que estaba contando mi padre. Me pareció que hablaba de un niño que no quería quitarse la ropa para ducharse. Empecé a andar muy despacito para que no pudieran oír mis pasos y cuando llegué le tapé a mi padre los ojos con las manos. Mi padre pegó un respingo y me quitó las manos al momento.

—Pero, ¿qué haces aquí, Manolito?

—Que estaba durmiendo y he tenido una pesadilla y encima me despierto y no estás.

—Estaba tomando un poco el fresco.

—Pues tienes que subir porque mamá me dijo que no te dejara acostar tarde —miré a Alicia para que lo comprendiera—. Es que tiene que dormir.

Mi padre se levantó y me cogió de la mano.

—Venga, a la cama se ha dicho. Alicia, muchas gracias por todo.

Alicia nos miraba con el paquete en las manos.

—Yo sé lo que tiene ese paquete.

—¿Ah, sí? —me dijo Alicia.

—Sí, era un regalo para mi madre pero es que mi madre no lo quiere. Empieza por D y acaba por E.

—¿No será un Diamante? —dijo Alicia riéndose.

—No, un Diamante es lo que le gustaría a mi madre. El Diamante es para siempre y esto se gasta.

Cuando entramos en el hostal Marcial le dijo a mi padre: "Ten cuidado con lo que haces, Manolo, que este niño te lo han mandado para vigilarte". Mi padre le dijo a Marcial que ese niño (yo) tenía razón, que ya era hora de cerrar el ojo. Cuando volvimos por el camino de los animales se los enseñé a mi padre y no sé por qué ya no me parecieron tan terroríficos. Antes de dormirme le pregunté quién era ese niño que no quería desnudarse para meterse en la ducha del que le estaba hablando a Alicia. Mi padre me dijo: "No lo conoces, es el hijo de un amigo mío".

—¿Y ese niño quiere meterse en la ducha vestido?

—A dormir, Manolito.

Me dormí por segunda vez en la misma noche, me dormí pensando que mi padre tenía amigos superraros. Claro, que en eso había salido a mí: El Orejones con sus orejas y sus traumas gigantescos, Paquito Medina con sus dos ombligos, Melody Martínez con sus padres en la cárcel, el chulo de Yihad, la Susana con sus bragas sucias... ¡Anda que los míos no eran raros!

Me despertó el olor de la crema de afeitar de mi padre y su cara muy cerca de la mía. Me dijo que no había querido levantarme porque eran las siete de la mañana, que siguiera durmiendo y que luego bajara a desayunar con Alicia, que a media mañana vendría a por mí. Me dio dos besos que me olieron muy bien y me quedé en la cama pero ya no me dormí. Desde la ventana vi cómo se iba *Manolito* con Manolo dentro y cómo pasaban muchos camiones por delante del "Chohuí". Cuando me aburrí me fui al baño y me di crema de afeitar con la brocha de mi padre y me estuve mirando un rato en el espejo, hasta que me aburrí también porque la cuchilla no la toco desde que, el año pasado en casa del Orejones, quisimos probar cómo era eso de afeitarse y, como no nos encontrábamos ni un solo pelo, nos quitamos cada uno una ceja. La verdad es que no pensamos que se nos fuera a notar tanto la diferencia de estar con una ceja a estar con dos. Mi madre me tuvo toda una semana castigado sin salir al Parque del Ahorcado y estuve castigado y sin ceja. Los días de colegio me puso una tirita encima del ojo para que nadie me lo notara. Al Orejones, su madre le pintó una ceja artificial con un lápiz marrón, y parecía un payaso de circo. Al final se enteró todo el mundo de que nos habíamos quedado sin ceja y al Ore le llevó mi *sita* a la psicóloga por autolesionarse y a mí me dijo que como siguiera haciendo esas tonterías me iba a pasar como a alguna de sus amigas, que empezaron a quitarse las cejas por presumir y ahora las cejas no les salían.

—Y ahí las tienes, merendando por las tardes en las cafeterías, haciéndose viejas y con las cejas pintadas, y no dirás que se les cae la cara de vergüenza.

Me imaginé haciéndome viejo en el Tropezón y merendando sin cejas y me entró una angustia que decidí no volver a coger la maquinilla hasta que no me llegara el bigote hasta el suelo.

Después de quitarme el jabón, me vestí para bajarme a desayunar. El búho, el buitre, las ardillas y los gatos me vieron bajar las escaleras. Alicia me dijo: "Anda, qué mañanero", y me ayudó a que me sentara en un taburete de la barra. Tampoco había chococrispis en el "Chohuí". Me acordé del Imbécil y pensé que con un poco de suerte estaría tan aburrido como yo. Cuando uno se aburre, lo que desea es que su hermano, por muy lejos que esté, en el sitio más recóndito de la Tierra, se esté aburriendo tanto como tú. Para que luego digan que no quiero a mi hermano. Alicia me puso el desayuno, pero no miré lo que era, porque era muy difícil fijarte en lo que Alicia te ponía en el plato, casi siempre se te quedaban los ojos fijos en el escote que subía y bajaba. Y no porque yo quisiera, no, era una de esas cosas que no puedes evitar. Al hombre que tenía al lado desayunando y atufándome con el cigarro le debía de pasar lo mismo. Lo sé porque Alicia dio una palmada en la barra y dijo:

—Bueno, qué, aquí se viene a desayunar, no a quedarse como un bobo mirando el escote. Mucho cuidadito.

Los dos pegamos un saltillo en el taburete. Y yo me puse a mirar el desayuno todo colorado.

—No, cariño —me dijo Alicia—, no iba por ti.

Ahora sí que vi el desayuno: Dos tostadas y la caja de Tulipán para que me pusiera lo que yo quisiera. Me eché media tarrina de Tulipán y me comí todo para que luego mi padre no me llamara cateto. Luego me entraron muchas

123

ganas de gastarme el dinero que llevaba en la riñonera y que todavía seguía siendo el mismo que el día anterior, porque con mi padre no iba a ningún sitio para poder gastármelo. Le pregunté a Alicia que si en el "Chohuí" podía gastar algo de dinero y ella me dijo que allí tenía barra libre. Lo único que se me ocurrió fue llamar por teléfono, así que llamé a mi madre y eché tres monedas de cien. Mi madre cogió el teléfono enseguida y me dijo que si había pasado algo de ayer a hoy. Yo le dije que nada, que me había duchado, me había dormido y que cuando me había despertado mi padre no estaba en la habitación, que me pegué un susto que casi me muero, pero que lo vi por la ventana que le estaba dando el paquete con el detergente a la mujer rubia del hostal "El Chohuí", que se estaba portando muy bien conmigo la

mujer rubia y que me había hecho unas salchichas más feas que las que me hacía ella, pero mucho más ricas. Mi madre, no sé por qué, se empezó a poner nerviosa, y a preguntarme si mi padre había vuelto conmigo a la habitación y que cómo se llamaba la mujer rubia y que le dijera a mi padre que se pusiera... Yo le dije que mi padre se había ido y me había dejado con la mujer. Y mi madre se puso todavía peor, que le contara otra vez lo del paquete con el regalo a la mujer, que si yo estaba seguro de que era detergente. Yo le dije lo que ella había dicho: "Pues será un diamante". A mí toda esa conversación no me estaba gustando nada porque hay veces que mi madre se pone en plan supermujerpolicía, pero no sabes por qué delito te está interrogando, le dije que se me iba a cortar el teléfono y lo último que le entendí fue: "Dile a tu padre que me llame en cuanto llegue". Colgué el teléfono y me fui a la barra. Sabía que me la había cargado pero no sabía por qué. Quise pedirme una copa y olvidar, pero me acordé de cómo olía el alcohol por las mañanas en la boca de la gente y se me quitaron las ganas. Alicia me puso un zumo sin que yo se lo pidiera.

—Mi padre se va a enfadar conmigo, ya lo verás.

—¿Por qué, tonto?

—No lo sé todavía, pero ya lo verás.

Allí me quedé esperándole. Llegó muy pronto y sonriéndome desde la puerta. Yo le di la mala noticia antes de que se acercara, para quitármela cuanto antes de encima. Sólo le tuve que decir: "He llamado a mamá", y ya le cambió la cara; y entonces empezó un segundo interrogatorio, el que me hizo él, me preguntó todo lo que yo le había contado a mi madre, y luego respiró hondo y se fue al teléfono. Yo le dije: "Si quieres te dejo mis monedas...", pero no me hizo ni caso. Estuvo mucho rato hablando con ella, yo le veía escuchar y luego mover mucho la mano y dar explicaciones y luego colgar con cara de estar bastante enfadado. Cuando volvió a la barra me dijo "¿Qué, ya estás contento? Ya le has calentado la cabeza a tu madre. Tiene razón Marcial: Eres un espía". Y luego añadió: "Venga, al camión, que tengo muchas cosas que hacer". Yo salí corriendo sin decirle adiós a Alicia y me quedé esperando en la puerta del camión.

Nos subimos y todo el rato que estuvimos de viaje fuimos sin decir nada. Llegamos a un Pryca que habían copiado exacto, exactísimo al que hay en mi barrio, pura imitación, y mi padre aparcó y se bajó. Yo me iba a bajar también pero me dijo que me estuviera quieto, que no bajara por ningún motivo y que se llevaba las llaves. Me volvió a repetir que no bajara por ningún motivo. Y yo le dije "vale, papá, ahora mismo me ato con el cinturón para no moverme". Y me até.

Desde el camión yo podía ver a un hombre que estaba vendiendo cosas en el suelo a la puerta del híper. Pensé que a lo mejor si le compraba algo a mi padre se le pasaría ese enfado que no sabía por qué tenía conmigo. Como no podía bajar del camión le chillé al hombre-vendedor.

—¡Eh, hombre!

El hombre miró a todas partes hasta que vio mi mano que le hacía señas desde la ventanilla del camión.

—¿Qué quieres?

—Saber qué es lo que vendes.

—Pues ven aquí y lo ves.

—Es que no me puedo bajar. No me deja mi padre.

—Pues lo siento —dijo el hombre y siguió fumándose su cigarro y gritando que si tenía piolines y llaveros.

—Te voy a comprar algo, seguro, de verdad.

—A ver, ¿para quién es el regalo?

—Es para mi padre.

—¿Y qué le gusta a tu padre?

—Las retransmisiones deportivas.

—De eso no tengo *na*. Como no quieras un llavero del Betis o del Valencia.

—Es que mi padre es del Madrid.

—Pues del Madrid se me acabaron ayer. ¿Quieres un muñeco-ventosa para el parabrisas? Tengo un Neptuno muy guapo y una Sirenita.

—¿El Neptuno cuánto cuesta?

—El Neptuno cuesta seiscientas y la Sirenita te la dejo en quinientas porque es la última.

—Es que la Sirenita es de chicas.

—No es de chicas. Los camioneros se llevan más la Sirenita que el Neptuno, pa que te enteres, chaval.

—Pues acércamela que la vea.

—Si me la vas a comprar te la acerco, si no me la compras no me hago el viaje.

Bueno, pensé que si no me gustaba nada pero nada se la llevaba a Melody Martínez, que a ella le gusta todo lo que yo la regale porque está por mí, y a las chicas que están por ti les puedes llevar un ramo de cardos que les gusta fijo. Le dije al hombre que bueno, que se lo compraba, y el hombre vino hasta el camión. Tenía un bigote que le bajaba hasta el cuello, y una camisa de flores abierta de par en par y unas gafas de espejo que no te dejaban verle los ojos, me estuve viendo yo todo el rato que hablé con él. El tío metió el brazo entero por la ventanilla y me enseñó la Sirenita. De repente, me dio mal rollo aquel hombre con todo el brazo dentro de mi camión y con aquel bigotazo.

—Mi padre se ha llevado las llaves así que nadie puede robar el camión, ¿a que es buena idea?

Creo que el tío se me quedó mirando fijamente, aunque no lo puedo asegurar porque no le veía los ojos.

—Muy buena idea, sí —moviendo de un lado a otro la Sirenita—. Son quinientas pesetas. Esta Sirenita está muy bien porque hay otras en el mercado que les levantas el pelo y están planas, pero esta Sirenita que yo te vendo tiene el aliciente de que debajo de la melena tiene sus pezoncitos.

El hombre sin ojos le levantó el pelazo a la Sirenita y ahí estaban las tetas de la Sirenita. Le di las quinientas pesetas. Estaba sacando el brazo cuando me puse a cerrar la ventanilla, así que casi se lo pillo.

—*Joé*, chaval, que me dejas sin mano.

Se fue sin decir adiós y yo eché un pegotón de saliva en la ventosa y la pegué en el cristal. La Sirenita se quedó colgada. Es verdad, era mucho mejor que el Neptuno. Era muy bonita.

Mi padre salió corriendo del Pryca y se montó en el camión. Me miró sólo un momento y me dijo que volveríamos al "Chohuí", comeríamos algo y después de comer nos iríamos a Carabanchel, que había decidido dar por terminado el trabajo, que no podía trabajar teniendo que estar pendiente todo el día de mí. Me decía esas cosas pero yo no le hacía mucho caso, me estaba dando la risa porque él no se daba cuenta que la Sirenita se movía de un lado para otro con el movimiento del camión, y a mí me hacía reír que no se diera cuenta.

—Pero, ¿qué te pasa? Pues no te creas que me hace tanta gracia volverme a Madrid, que me dejo un montón de trabajo sin hacer y un montón de dinero sin ganar.

Yo seguía riéndome. Le hice una seña con las cejas señalándole la Sirenita. Mi padre la miró.

—Es un regalo —le dije—. Para ti.

—¿No te dije que no bajaras del camión?

—No me he bajado. Llamé al hombre y vino al camión. Fue venta a domicilio. ¿A que mola?

Mi padre quitó los ojos de la carretera y la miró.

—Sí que mola, sí —dijo ahora ya sonriendo.

—Tenían un Neptuno, pero ésta les gusta mucho más a los camioneros. Además no es como esas Sirenitas que les levantas la melena y vienen planas, mira, ésta debajo del pelazo tiene sus pezoncitos.

A mi padre le entró ahora una risa muy fuerte. La volvió a mirar.

—¿A quién se parece? Esta sirenita me recuerda a alguien.

—No sé... Bueno, sí, se parece un poco a Alicia.

Era la mejor idea que podía haber tenido porque a mi padre se le pasó el enfado misterioso conmigo y me dijo algo que me puso muy, muy nervioso: Que él también tenía algo para mí pero que iba a dármelo después de entregar el último porte, de camino a Madrid. Por más que le pregunté no pude sacarle nada de nada. Mi padre es un tipo duro.

Y aquí llega la última parte que es donde yo me pongo más nervioso cada vez que me toca contarla, y mi abuelo me dice: "No te líes, que éste es el momento más emocionante de la historia". Me lío porque sólo de acordarme se me ponen los pelos de punta. Pero el caso es que en esta parte también hay que empezar por el principio de los tiempos. El principio aquí sería que después de hacer dos o tres paradas para que mi padre fuera dejando las últimas tandas de la mercancía, volvimos al "Chohuí" a comer. Había lo menos cinco camiones aparcados en fila porque un chaval que había en el porche los estaba limpiando. A mi padre le había cambiado la cara desde que había decidido que volvíamos esa tarde a Madrid, estaba mucho más contento y me dijo que pararíamos en Cuenca para comprarle a mi madre una cosa bonita para que no se enfadara por tonterías. Me cogió en brazos y me hizo abrir la puerta del restaurante del "Chohuí" con la cabeza, como en los salones del Oeste. Dos colegas de mi padre, los dos que se habían quejado la noche anterior, le dijeron que si delante de este niño (yo) se podría jugar la partidita de mus, y mi padre dijo que claro y que un respeto, que yo era su camionero-copiloto, no era un niño cualquiera. En la mesa del rincón estaba Marcial que nos saludó levantando el tenedor porque la boca la tenía llena.

Nos sentamos a comer y Alicia nos puso un platazo de carne con tomate, y aunque no era de la marca que usa mi madre, que era uno de ésos con tropezones, me comí el plato entero y luego hice lo menos veinticinco barquitos. Los dos colegas de mi padre se sentaron al rato con nosotros y uno de ellos me echó un poquillo de vino en la casera.

—Buena la has hecho —dijo mi padre—, en cuanto llegue a casa se lo cuenta a su madre.

—¡No es verdad! —le dije yo superenfadado—. Siempre me estás llamando chivato.

—Que era una broma. Bébetelo, tonto.

Yo ya había probado el vino tinto con casera porque mi abuelo siempre nos da al Imbécil y a mí un chupito de su vaso, y luego por la noche, cuando se hace de postre vino con pan y azúcar le metemos la cuchara para pillar un trozo de pan mojado en vino. Lo tenemos que hacer a espaldas de mi madre porque ella dice que eso de dejar a los niños que prueben el vino es una cosa muy antigua y que ahora, si se entera la Asociación de Padres del Colegio, igual te meten en la cárcel. Al niño, no, al padre. Al niño lo meten en Alcohólicos Anónimos para que lo cuente por un micrófono delante de unas personas que también metieron la cuchara en el vaso de su abuelo. Me bebí el vaso de una *volá* porque estaba muy fresquito y porque a mí me encanta todo lo que tenga burbujas en esta vida, incluidas las chicas que anuncian el champán todos los años por Navidad. Yo me llené otra vez el vaso con gaseosa y el otro colega de mi padre me hizo un gesto como para que no dijera a nadie nada y me echó otro poquillo de vino.

Alicia fue retirando las cosas de la mesa y después de limpiar el hule puso un tapete verde. Me quedé con los ojos a cuadros cuando mi propio padre llamó a Marcial y le dijo "pero, venga, acaba, que te estamos esperando". Marcial vino masticando todavía y con su vaso de vino en la mano. Iban por parejas y Marcial era de la pareja de los enemigos de mi padre. Alicia me dijo que si la quería ayudar a poner unas copas para los jugadores.

—Eso, que trabaje, que los niños de ahora no sirven *pa ná*.

Tuve que hacer lo menos diez viajes desde la cocina, uno por cada copa. Unas eran de anís, unas de *coñá* y otras de una cosa que se llamaba Sol y Sombra. Antes de abrir la puerta del comedor pegaba un sorbito para ver cómo sabía. La puerta era una de esas puertas que se abren cuando las empujas, así que después de la segunda copa que saqué decidí abrirla con la cabeza, igual que me había hecho mi padre cuando entramos al comedor. Al principio me reía yo solo de lo bien que abría la puerta a cabezazos y me reía también de que al ir a poner la copa en la mesa miraba las cartas que tenía Marcial y se las decía a mi padre al oído. Pero, en una de ésas, Marcial se dio cuenta y pegó un puñetazo en la mesa y dijo:

—Manolo, este niño está de reformatorio. Te está soplando al oído desde que hemos empezado.

—Bueno, Marcial, no te pongas así, que son cosas de críos.

—Como no deje el niño ese de rondarme por aquí por la espalda me levanto y no me vuelves a ver el pelo, que sabes que yo con las cosas del juego hablo en serio. Quítame al niño de la chepa o me largo.

Mi padre me dijo que me sentara en la mesa de al lado y que me esperara un rato, lo que tardaba en acabar la partida. Cuando me senté fue cuando me di cuenta de que mi madre nunca se podría enterar de que yo era un niño un

133

poco borracho. Mi padre no se había dado cuenta y a mí me estaba entrando un sueño que me daba la impresión de que la cabeza se me iba a ir al suelo, me apoyé en la mesa y cerré los ojos, pero al cerrar los ojos el suelo del "Chohuí" empezó a moverse como si fuera el suelo de un barco. Mi padre que me vio echado encima de la mesa, me dijo:

—Anda, vete al camión y te echas la siesta. Venga, hijo, cuando te despiertes ya estaremos en casa.

No sé cómo nadie se dio cuenta de que tuve que ir poniendo las manos en las mesas para no tropezarme. Salí al porche y me pareció oír a Alicia a mis espaldas: "¿No me dices adiós, Manolito?", pero no sabía si era verdad o me lo estaba imaginando. La luz del sol me hacía mucho daño en los ojos, así que me fui corriendo al camión, que estaba enfilado con los otros camiones, y cuando abrí la puerta ya llevaba los ojos cerrados porque sólo tenía ganas de tumbarme y dormir. Y eso es lo que hice. Me tumbé y antes de quedarme dormido pensé que si no fuera porque tenía sueño hubiera vomitado otra vez, pensé que nunca volvería a meter la cuchara en el vino con pan de mi abuelo, nunca bebería de las copas de jugadores, nunca tomaría vino con gaseosa, nunca, porque aquel camión también se movía como si fuera un barco.

Cuando me desperté el barco se seguía moviendo, pero ahora era cierto que el camión estaba en marcha. Tenía la lengua pegada a la parte de arriba de la boca, tenía mucha sed y también tenía dolor de cabeza. Mi abuelo me dijo días después: "Lo que tenías era resaca". Qué vergüenza para un niño.

Mi padre llevaba la radio superaltísima y me entraron ganas de levantarme para decirle que la bajara porque la música me daba golpes en la cabeza, pero volví a cerrar los ojos y fue muy raro porque soñé aunque sin quedarme dormido, soñé con que la música estaba sonando en el salón de mi casa y el Imbécil se había sentado en el taburete del mueble-bar de mi casa con un cubata en la mano. En otro taburete y a su lado estaba mi abuelo con su tinto de verano. El Imbécil al verme entrar decía:

—El nene borracho, como Manolito.

Y mi madre lloraba en el sofá y decía: "Qué desgracia, qué desgracia, tan pequeños y tan borrachos los dos". El Imbécil se reía a carcajadas. Yo me acercaba al mueble-bar y le decía casi llorando a mi abuelo:

—Pero, ¿por qué le has dejado beber, abuelo?

Y el Imbécil me respondía:

—No puede hablar, está disecado.

Era verdad, yo tocaba a mi abuelo y mi abuelo estaba seco y hueco como un muñeco de Tintín que tiene el Orejones en la estantería de su cuarto. Abrí los ojos: Lo que estaba tocando en realidad era el asiento del camión. En la radio del camión hablaban ahora de no sé qué niño que había desaparecido y hablaba una vecina de ese niño, que era idéntica a la Luisa y que decía al entrevistador:

"No es que fuera un niño perfecto, entiéndame, tenía sus defectos como los tiene todo el mundo, incluso yo, pero aquí mi marido y yo lo queríamos como a un hijo, a veces lo queríamos más de lo que le quiere su madre, fíjese. Es que la madre está muy centrada en el pequeño, y a éste lo tiene un poquillo de lado, entiéndame, no abandonado, pero que le hace menos caso porque también es verdad que el chiquillo es un poco pesado".

Luego hablaba un abuelo que era como mi abuelo, pero casi no se le entendía porque estaba medio llorando y sin dentadura:

"Mi nieto... Lo más grande para mí".

Luego se oían unos alaridos estremecedores. Eran del Imbécil, *descarao*.

Y luego una mujer, que hubiera jurado que era mi madre, empezó a decir:

"Es un niño que todo lo que diga de él es poco, es bueno, trabajador. Conmigo tiene pasión, siempre mamá quieres esto, mamá quieres lo otro; en el colegio su señorita lo adora, todos los niños van detrás de él siempre. No es porque sea mi hijo pero es un niño con carisma. Yo, sin mi niño, es que no sé vivir".

A mí se me estaban saltando las lágrimas por detrás de las gafas, pero estaba claro que esa mujer no era mi madre, mi madre nunca hubiera dicho esas cosas de mí, sólo las dice del Imbécil. Me levanté para no seguir soñando despierto con hermanos borrachos, abuelos disecados y niños perdidos y le fui a decir a mi padre que estaba malo y que me diera agua. Se había hecho muy de noche. No sabía cuánto tiempo había pasado, ni cuánto faltaba para llegar a casa. Desde atrás le puse la mano en el hombro a mi padre y, no sé por qué, me pareció un hombro muy raro. La espalda de aquellos hombros raros pegó un salto y la cabeza que había encima de aquellos hombros raros se dio la vuelta. El dueño de los hombros raros no era mi padre. Él me miró un momento y empezó a gritar al mismo tiempo que yo, que estaba gritando con la boca tan abierta que durante muchos días me dolieron las mandíbulas. El hombre era nada más y nada menos que Marcial y se volvía de vez en cuando sin dejar de gritar y me miraba con ojos asesinos y luego miraba a la carretera y hacía cosas raras con el volante. Eso duró mucho rato, lo menos media hora, aunque mi padre me ha dicho luego que no pudo durar más de un minuto. Dimos no sé cuántos tumbos con el camión por un sitio que ya no era carretera y de golpe nos paramos. Marcial empezó a gritar: "¿Pero qué haces aquí, qué haces aquí, niño cabrón?". Me llamó eso que he escrito al final, eso con todas sus letras, yo no lo pondría pero es que él me lo llamó no una sino muchas veces, y según me lo decía yo me convencía cada vez más de que Marcial me había secuestrado y me quería matar.

Mientras seguía gritando y llevándose las manos a la cabeza, decía: "Ay, Dios mío, que casi me mata el niño cabrón este...", y otros insultos que no voy a escribir porque no acabaría nunca. Yo me colé por la puerta y eché a correr. Los coches pasaban muy deprisa y casi rozándome, así que salté un quitamiedos y me fui por el campo. Marcial empezó a seguirme y a gritarme: "¿Y ahora adónde vas, niño (y lo que sigue)?". Así lo llevé mucho rato, detrás de mí, diciendo que si quería volverle loco, que si quería matarlo. Y cuanto más le oía yo decir esas cosas más seguro estaba de que Marcial era un tío peligroso que no pararía hasta agarrarme del cuello.

Por primera vez en mi vida yo corrí más rápido. Cuando llevaba un rato largo sin oírle gritar vi una casita de piedra. Todo estaba muy oscuro, pero dando la vuelta a toda la casa encontré la puerta. Fui a llamar pero al poner la mano en la madera se abrió sola. Olía fatal y el suelo me pareció que era de paja. Me pareció oír un montón de respiraciones. Me temblaba tanto la boca que los dientes me hacían ruido al chocar unos con otros. Tragué saliva y pregunté con una voz muy rara, que no parecía la mía:

—¿Hay alguien ahí?

Y de pronto, de la oscuridad, surgió un coro de voces que todas a una me contestaron:

—Beeeeeeeeeeeeeeee.

Ya no me acuerdo de más porque, según lo que contaron más tarde, debí de desmayarme de la impresión. Desde luego hay momentos en la vida en los que es mejor desma-

yarse y ése fue uno de ellos. Se me juntó el desmayo con el sueño y cuando me desperté se estaba haciendo de día y hacía mucho frío. Alrededor de mí había un montón de ovejas que no me quitaban ojo. Yo pensé que a lo mejor me pasaba como a Mowgli, el de *El Libro de la Selva*, sólo que yo en vez de criarme entre lobos, panteras, osos y serpientes, me criaba entre ovejas. Les dije que yo había hecho de oveja en el Belén Viviente de mi colegio, me pareció una buena tarjeta de presentación, sobre todo si tenía que pasar los próximos cincuenta años con ellas. Muy cerca de mí oí una voz que decía:

—Aquí está el chiquillo. Las ovejas empezaron a balar como locas anoche, tanto insistían que me acerqué a ver qué pasaba y ahí lo vi, tal y como está ahora. Le puse una manta para que no se enfriara y me fui a avisarlos a ustedes.

Una cara de guardia civil se me puso justo delante de las gafas.

—¿Te llamas Manolito?

Yo le dije que sí con la cabeza y luego le pregunté:

—¿Me va a detener?

—A los niños yo no los detengo, los devuelvo a sus casas. ¿Quieres volver a tu casa?

—¿Le importaría detener al hombre que me estaba persiguiendo, que quería secuestrarme y que le ha robado el camión a mi padre? Se llama Marcial.

—Ya lo tengo detenido. Ahora lo vas a ver en la carretera.

—Prefiero no verlo.

—Es que lo tienes que reconocer, para que yo sepa de verdad que es el que tú dices.

Me levanté y antes de salir de aquel pajar les dije adiós a las ovejas y al pastor. Por el camino le dije al señor guardia que tenía frío y el señor guardia se quitó la chaqueta y me la puso encima de los hombros. Me abrochó el primer botón y se me quedó todo el cuerpo tapado, sólo se me veían los pies con las zapatillas.

—¿Le importaría dejarme un rato la pistola?

—Pero cómo te voy a dejar la pistola, hombre. Anda que la pregunta.

Cuando llegamos a la carretera vi a Marcial hablando con el otro guardia, pero no me pareció que estuviera detenido, no tenía esposas ni nada y encima se estaba fumando un cigarro.

—¡Aquí está el niño! —dijo Marcial señalándome con el dedo. Delante de los guardias no se atrevió a decir aquello del niño-cabrón.

A mí me entraron ganas de volver a salir corriendo y el señor guardia civil debió de notarlo porque me puso la mano en el hombro muy fuerte y me hizo subir a la carretera. Yo tiraba para atrás y él tiraba para delante. Al final, viendo que él no me soltaba, me quedé detrás suyo y sólo saqué el brazo para señalar a Marcial y decir que aquél era el hombre que le había robado el camión a mi padre y que me quería matar y que, por eso, me perseguía por el campo y me insultaba y me decía lo que ya todo el mundo sabe.

—El camión de su padre, dice este demente. Mira, niño, mira de quién es este camión.

Yo asomé la cabeza de detrás del guardia y vi un cartelazo encima del parabrisas que decía "MARCIAL", y abajo unas letras pequeñas que decían: "Eres el más grande".

—El padre lo manda a echar la siesta porque el niño se va durmiendo por las mesas y el perturbado se mete en mi camión y, en plena noche, el niño de las narices se despierta y me pone una mano en la espalda. Nos podíamos haber matado los dos —Marcial se lo explicaba a los guardias como si yo fuera un delincuente y lo hubiera hecho a posta—. Si les voy a decir una cosa, me entran ganas de matarlo ahora mismo.

Yo me volví a refugiar detrás del guardia.

—No le diga eso al niño, que él tampoco ha tenido la culpa.

—Que no le diga eso... No estoy yo muy seguro de que no lo haya hecho a conciencia. Porque éste es uno de esos niños que como te coja tirria va a por ti, *descarao*. Me di cuenta la primera vez que le vi la cara.

Marcial se quedó allí, en mitad de la carretera, echando pestes de mí, sin que nadie le hiciera mucho caso, porque los guardias me montaron en su jeep y me dijeron que mis padres ya estaban en camino para venir a buscarme. Yo les pregunté a los guardias que dónde estaba y ellos me dijeron "Espera un momento y ahora lo verás". El jeep iba por unos campos llenos de árboles y de hierbas gigantescas y unos ríos estrechos pasaban a veces por debajo de la carretera. De pronto, sin que yo me lo esperara, lo vi. Mucho más grande que en la tele, estaba muy quieto y olía fuerte, fuerte. El mar.

El coche se metió por un caminillo y llegamos a un chiringuito. Me dijeron que estaba en Valencia y que allí esperaríamos a mis padres. La playa estaba llena de gente tomando el sol. Les dije a los señores guardias que si podía ir hasta la orilla a meter los pies. Y ellos me contestaron que me tenían que acompañar porque hasta que no vinieran mis padres no podían dejarme solo.

Fui hasta a la orilla con un señor guardia a cada lado, como si me llevaran detenido. La gente se separaba de nosotros y se nos quedaba mirando, sobre todo a mí, porque debían de pensar que era un niño que había cometido un crimen tan gordo que no se me podía dejar de vigilar ni un momento. Me dijeron los señores guardias que si me quería meter, pero les dije que no llevaba bañador.

—Pues con el calzoncillo mismo, anda qué problema. Si aquí, ya ves tú, nadie se fija en nadie.

Pero no era verdad, todo el mundo estaba pendiente de lo que hacían esos guardias con ese niño detenido, así que volvimos otra vez y la gente se volvió a apartar de nosotros como si fuéramos extraterrestres. Los guardias se quedaron en la barra y yo me senté. Me dijeron que me pidiera lo que quisiera, y ahí estuve pidiendo frutopías por un tubo hasta que llegaron mis padres.

Por fin el camión *Manolito* entró en el aparcamiento. Las puertas se abrieron y mi madre se tiró como una loca desde el asiento. Por un momento se quedó en el suelo de rodillas. La vi venir corriendo de una manera que parecía que cada pierna y cada brazo iban por un lado distinto y tenía una cara tan rara que me levanté y tuve la tentación de salir corriendo, porque no sabía qué es lo que quería hacerme aquella madre con aquella cara. No me pude escapar porque me agarró con los brazos, con las piernas, con la cabeza, como si fuera un pulpo, y me llenó la cabeza de besos. Detrás de ella vi a mi abuelo. Sentí algo húmedo en la oreja: Era el chupete del Imbécil. Mi madre decía "Cariño, cariño, lo que hemos pasado toda la noche", mi abuelo decía "Angelico mío", el Imbécil decía "Dejad al nene con Manolito". El Imbécil se hizo sitio y se sentó encima de mí. Por detrás de todos ellos vi a mi padre. Llevaba el paquete que le había dado a Alicia en las manos y, dirigiéndose hacia mí, dijo:

—El detergente era para ti.

No lo entendí muy bien, pero lo abrí, aunque me resultó difícil porque los tenía a todos encima. En mi familia somos así, como estamos acostumbrados a vivir en una casa tan pequeña, aunque salgamos a la calle seguimos estando unos encima de otros.

Cuando el paquete estuvo abierto me quedé mirándolo sin poder creerlo. Mi padre sabía que, desde que vimos la película, el Imbécil y yo nos pasábamos la vida saltando por los sofás y peleando con nuestras espadas invisibles. ¡Era un disfraz del Zorro! Entré en el váter y salí vestido con el bañador que me había traído mi madre y con el disfraz del Zorro encima. Era un Zorro con un bañador de palmeras debajo. El típico Zorro de la Malvarrosa, dijo el dueño del chiringuito. La Malvarrosa era la playa en la que estábamos.

Mi abuelo se remangó los pantalones y nos acompañó hasta la orilla. La gente me miraba otra vez, pero esta vez no miraban al pobre niño criminal, miraban al auténtico Zorro de la Malvarrosa. Mi abuelo decía que si no fuera porque yo era más bajito, un poco más gordo, y con gafas me daría un aire a Antonio Banderas. Me quité el disfraz para bañarme y el Imbécil y yo nos metimos en el agua mientras mi abuelo cuidaba mi nuevo uniforme de batalla y mis gafas. El Imbécil se empeñó en meterse en bolas. Es un niño que no tiene vergüenza y nunca la tendrá. Nos meamos en el mar porque dice el Orejones que si te meas en el mar y pides un deseo se te cumple fijo. Yo meé con los ojos cerrados y deseé que volviéramos muy pronto de vacaciones quince días enteros, como hacen algunos niños de mi clase. El Imbécil deseó que le regalaran a él un disfraz del Hombre-Araña.

Cuando volvimos al chiringuito había una paella encima de la mesa y unos músicos se habían puesto a tocar canciones de las que le gustan a mi abuelo. Mi padre nos llevó al camión al Imbécil y a mí. Me dijo: "A ver si la próxima vez te fijas en el camión que te metes". Abrió la parte de atrás.

—Te lo tenía que haber dicho, Manolito —me dijo—, el cargamento secreto no era ni más ni menos que juguetes.

El Imbécil y yo nos quedamos con la boca abierta viendo aquellas cajas y tragando saliva de la emoción incontenible.

—Pero no se tocan. Tú has tenido tu disfraz del Zorro y tu hermano, éste.

Cogió un paquete del montón y se lo dio al Imbécil.

—Es el disfraz del Hombre-Araña del nene.

Lo dijo con tanta seguridad que nos quedamos alucinados. Era el disfraz del Hombre-Araña. Desde entonces no sé si es que el Imbécil tiene poderes paranormales o si es que mearse en el mar y pedir un deseo es algo que no falla nunca. Nos vestimos ahora los dos. El Imbécil parecía una sobrasada embutido como estaba en las mallas del Hombre-Araña. Le salía esa barriga tan gorda que tiene y mi padre dijo que en vez del Hombre-Araña parecía el Hombre-Cochinilla.

Le pregunté a mi abuelo que si alguien había hablado por la radio de mí, y me dijo que sí, que habían salido todos por la radio, para ver si alguien me había visto y podía dar alguna pista. O sea, que sí, que era mi madre la que decía que yo era un niño como no había dos en este mundo. Me la quedé mirando y de pronto me pareció raro que mi madre fuera esa mujer que había dicho que me quería tanto. Estaba seria con mi padre, yo lo había notado, como cuando le falta muy poco para ponerse a llorar; pero mi padre le estaba diciendo unas cosas al oído y ella empezó a sonreír, y luego a sonreír un poco más, y luego se dieron un beso de película muda.

Los músicos empezaron a tocar *Campanera*, que es una canción antigua de un niño antiguo que la cantaba en el pasado, y que a mí me enseñó mi abuelo el primer año que vino a vivir a Madrid. Mi abuelo les gritó a los músicos: "¡Mi nieto se la sabe!", y los músicos hicieron un gesto para que yo subiera a cantarla. Empecé supercortado pero al ver que todos me hacían palmas me fui animando. Como cantar *Campanera* mucho rato es un rollo repollo me puse a hacer en el escenario como que luchaba con unos enemigos invisibles con mi espada del Zorro y mi antifaz del Zorro y mi capa.

Mis padres salieron a bailar y bailaban muy apretados. También salió mi abuelo con el Hombre-Cochinilla en brazos. Entonces, al verlos a todos ahí, bailando, me entró una cosa muy rara en la garganta, una cosa que me subía a los ojos, y si no llega a ser porque los Zorros no lloran, se me hubieran saltado dos lágrimas que tenía a punto de escaparse por debajo del antifaz.

FIN

Este libro se terminó de imprimir en los
Talleres Gráficos de Palgraphic, S. A.,
Humanes (Madrid), en el mes
de enero de 2004.